Le Petit Prince

마음을 다해 쓰는 글씨

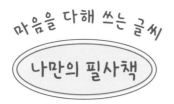

나만의 필사책

Le Petit Prince

어린 왕자

앙투안 드 생텍쥐페리 | 옮긴이 박선주

마음시선

내 생각에 어린 왕자는 이동하는 철새들을 이용해 별을 빠져나왔던 것 같다.

레옹 베르트[*]에게

이 책을 한 어른에게 바친 것에 대해 어린이들에게 용서를
구한다. 여기에는 그럴 만한 중대한 이유가 있는데, 그 어른은
세상에서 나와 제일 친한 친구이기 때문이다. 이유가 하나 더
있다. 그 어른은 심지어 어린이를 위한 책까지 포함해 모든 것
을 다 이해한다. 세 번째 이유도 있다. 그는 지금 프랑스에서
굶주림과 추위로 고통받고 있어서, 위로가 절실한 상황이다.
이런 이유들로도 부족하다면 나는 이 책을 어린아이였던 예전
의 그에게 바치고 싶다. 어른들도 다 처음에는 어린이였으니
까. (이 사실을 기억하는 어른은 별로 없지만 말이다.) 그래서 헌사를
다음과 같이 고치겠다.

어린 소년이었을 적의 레옹 베르트에게

* 유대인 출신 프랑스 작가이자 생텍쥐페리와 10여 년간 우정을 나눈 절친한 친구. 프랑스가
나치 독일에 점령당했을 때 북아메리카에서 망명 중이던 생텍쥐페리는 프랑스에서 힘든 시간
을 보내고 있을 레옹 베르트를 생각하며《어린 왕자》를 썼다고 한다.

나는 여섯 살 적에 《실제로 겪은 이야기들》이라는 원시림에 관해 쓴 책에서 굉장한 그림 하나를 보았다. 보아뱀이 맹수를 삼키고 있는 그림이었다. 그것을 베껴 그려봤다.

책에는 이렇게 적혀 있었다. "보아뱀은 먹이를 씹지 않고 통째로 삼킨다. 그러고 나면 여섯 달 동안 전혀 움직이지 못하고 먹이기 소화될 때끼지 잠만 잔다."

이것을 읽고 나는 밀림에서 경험할 수 있는 온갖 모험들을 한참 상상하다가, 색연필을 가지고 와서 생전 처음으로 나만의 그림을 그려냈다. 나의 작품 1호. 바로 이 그림이다.

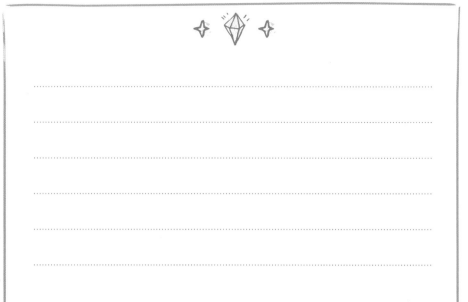

나는 이 작품을 어른들에게 보여주고 그림이 무섭지 않으냐고
물어봤다.

어른들은 대답했다. "모자가 뭐가 무섭니?"

나는 모자를 그린 게 아니었다. 코끼리를 소화시키고 있는 보아
뱀을 그린 것이었다. 그래서 나는 어른들이 알아볼 수 있게 보아뱀
의 배 속을 그렸다. 어른들에게는 늘 설명을 해줘야 한다. 내 작품
2호는 이렇다.

어른들은 내게 속이 보이든 보이지 않든 중요하지 않으니 보아 뱀 그림은 그만두고 차라리 지리나 역사, 산수, 문법에 관심을 가져보라고 충고했다. 이렇게 해서 나는 내 나이 여섯 살에 화가라는 멋진 직업을 포기하고 말았다. 내 작품 1호와 2호가 성공하지 못해 마음이 상했던 것이다. 어른들은 혼자서는 결코 아무것도 이해하지 못한다. 언제나 설명을 해줘야 하는데 아이들에게는 그게 참 피곤한 일이다.

결국 나는 다른 직업을 택해야 했고, 비행기 조종하는 법을 배웠다. 세계 곳곳을 날아다녔다. 지리 공부를 한 것이 도움이 많이 되어, 나는 중국과 애리조나를 단번에 알아볼 수 있게 되었다. 밤중에 길을 헤맬 때 이 지식은 아주 유용하다.

살아오는 동안 나는 아주아주 진지한 사람들을 헤아릴 수 없이 많이 만났다. 오랫동안 어른들 사이에서 지내며, 아주 가까이에서 그들을 봤다. 그렇지만 어른들에 대한 내 생각이 그리 나아지지는 않았다.

좀 똑똑해 보이는 어른을 만나면 나는 늘 가지고 다니는 내 작품 1호를 보여주며 시험을 해봤다. 정말로 그가 이해력이 있는 사람인지 알고 싶었다.

그러나 대답은 언제나 이랬다.

"모자로군요."

그러면 나는 그와는 더 이상 보아뱀이나 원시림이나 별에 대해서는 이야기하지 않았다. 그가 이해할 수 있는 것들, 트럼프 게임이나 골프, 정치나 넥타이 같은 주제를 이야기했다. 그러면 그는 분별 있는 사람을 만났다며 무척 흡족해했다.

이렇게 나는 진심으로 속을 터놓고 말할 사람도 없이 외롭게 살아왔다. 여섯 해 전, 사하라 사막에서 비행기가 고장을 일으키기 전까지 말이다. 비행기의 엔진에 이상이 생겼다. 정비사도 승객도 없었기에 나는 힘든 수리를 혼자서 해내려고 애썼다. 내게는 죽느냐 사느냐의 문제였다. 마실 물이 고작 일주일 치밖에 없었으니까.

첫날 저녁, 나는 사람들이 사는 곳에서 수천 킬로미터 떨어진 사막 한가운데서 잠이 들었다. 넓은 바다 한가운데서 난파해 뗏목을 타고 표류하는 사람보다 훨씬 더 외로운 처지였다. 그러니까 여러분은, 동이 틀 무렵 조그맣고 낯선 목소리에 잠에서 깨어난 내가 얼마나 놀랐을지 짐작이 갈 것이다.

그 목소리는 말했다.

"부탁이예요…. 양 한 마리만 그려줘!"

"뭐?"

"양 한 마리만 그려줘!"

나는 벼락이라도 맞은 것처럼 자리에서 벌떡 일어났다. 두 눈을 비비고 주변을 살펴봤다.

아수 신기하게 생긴 자그마한 아이가 날 심각하게 바라보고 있었다. 여기 이 그림이 나중에 내가 그린 그 아이의 초상화 중에서 가장 잘 그린 것이다.

하지만 실제 모습에 비하면 매력이 훨씬 덜하다. 이건 내 잘못이 아니다. 나는 여섯 살에 어른들 때문에 화가의 꿈을 포기했고, 속이 보이거나 안 보이는 보아뱀 외에는 그림을 그려본 적이 없었으니까.

나는 놀라서 두 눈을 동그랗게 뜨고 난데없이 나타난 그 아이를 뚫어지게 쳐다봤다. 그때 내가 사람이 사는 지역에서 수천 킬로미터나 떨어진 곳에 있었다는 걸 생각해보라. 그런데 그 조그만 아이는 길을 잃은 것 같지도 않았고, 지친 것 같지도 않았다. 배고픔이나 목마름에 시달려 보이지도 않았고, 겁에 질려 보이지도 않았다. 사람이 사는 지역에서 수천 킬로미터나 떨어진 사막 한가운데서 길을 잃은 아이로는 도무지 보이지 않았다는 말이다.

나는 정신을 차리고, 겨우 입을 떼어 아이에게 물었다.

"그런데… 너 여기서 뭐 하고 있니?"

그러나 아이는 아주 중대한 일인 것처럼 다시 천천히 말할 뿐이었다.

"부탁이야… 양 한 마리만 그려줘."

너무 놀라운 일에 맞닥뜨리면 감히 거역할 생각을 하지 못한다. 사람이 사는 곳에서 수천 킬로미터나 떨어져 죽음의 위험에 처한 상황에서, 터무니없는 일을 한다고 생각하면서도 나는 주머니에서 종이와 만년필을 꺼냈다. 그러나 순간, 내가 그동안 공부한 것이라고는 지리와 역사, 산수, 문법뿐이라는 사실을 떠올리고는, (약간 기분이 나빠져서) 그림을 그릴 줄 모른다고 아이에게 말했다.

아이는 이렇게 대답했다.

"괜찮아. 양 한 마리만 그리면 돼."

나는 양을 그려본 적이 없었으므로, 내가 그릴 줄 아는 단 두 개의 그림 중에서 하나를 그려주었다. 속이 안 보이는 보아뱀 그림 말이다. 그런데 아이의 대답을 듣고 나는 깜짝 놀라고 말았다.

"아니! 아니! 보아뱀 배 속의 코끼리 말고. 보아뱀은 너무 위험하고 코끼리는 너무 거추장스러워. 내가 사는 곳은 아주 작단 말이야. 나는 양이 필요해. 양 한 마리만 그려줘."

그래서 나는 다시 그림을 그렸다.

"아니! 이 양은 이미 병이 들었잖아. 다른 걸 그려줘."

나는 다시 양을 그렸다.

내 친구는 상냥하고 너그럽게 미소 지었다.

"아니… 이건 내가 말한 양이 아니야. 숫양이잖아. 뿔이 난…."

그래서 나는 또 다시 그렸다.

그러나 내 친구는 이전 그림들처럼 이번 것도 거절했다.

"이 양은 너무 늙었어. 난 오래 살 수 있는 양을 원해."

서둘러 엔진을 분해해야 했던 나는 인내심이 한계에 다다라, 이
번에는 되는대로 대충 그렸다. 그러고서 툭 던져 줬다.

"이건 상자야. 네가 원하는 양은 그 안에 있어."

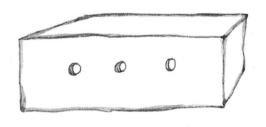

··

··

··

··

··

그런데 놀랍게도 내 어린 심판관의 얼굴이 환해지는 것이었다.

"바로 내가 원했던 양이야! 이 양이 풀을 많이 먹을 것 같아?"

"그건 왜?"

"내가 사는 곳은 아주 작거든…."

"분명 괜찮을 거야. 내가 그려준 건 아주 작은 양이니까."

아이는 고개를 숙이고 그림을 들여다봤다.

"그렇게 작지도 않은데, 뭐… 봐봐! 양이 잠들었어."

그렇게 나는 어린 왕자를 처음 만났다.

어린 왕자가 어디에서 왔는지 알기까지는 오랜 시간이 걸렸다. 어린 왕자는 내게 묻기는 많이 하면서도 내가 묻는 말은 전혀 듣는 것 같지 않았다. 내가 그에 대해 차츰 알게 된 것은 그가 우연히 조금씩 내뱉은 말들을 통해서였다. 예를 들어, 그는 내 비행기를 처음 보고는(내 비행기는 그리지 않겠다. 내가 그리기에는 너무 복잡하기 때문이다.) 이렇게 물었다.

"이 물건은 뭐야?"

"이건 그냥 물건이 아니야. 날아다니는 거야. 비행기라고. 내 비행기."

나는 내가 날아다닌다고 알려주는 것이 자랑스러웠다. 그러자 어린 왕자가 소리쳤다.

"뭐! 아저씨 하늘에서 떨어졌어?"

"그래." 내가 아무렇지도 않은 듯 대답했다.

"아! 그거 참 신기하네."

어린 왕자는 그러고서 아주 천진하게 까르르 웃음을 터트렸는데, 그 때문에 나는 무척 화가 났다. 내 불행을 심각하게 여겨주길 바랐던 것이다.

어린 왕자는 이어서 물었다.

"그럼 아저씨도 하늘에서 왔구나! 어느 별에서 왔어?"

나는 신비에 싸인 어린 왕자의 존재를 파악할 수 있는 희미한 빛을 감지하고서 재빨리 물었다.

"그러니까, 넌 다른 별에서 왔구나?"

그러나 어린 왕자는 대답하지 않았다. 내 비행기에 시선을 둔 채 천천히 고개만 끄덕였다.

"하긴, 이걸 타고서는 아주 멀리서 오지는 못했겠네⋯."

어린 왕자는 한참 동안 뭔가를 골똘히 생각했다. 그러고는 이내 주머니에서 내가 그려준 양 그림을 꺼내 소중한 보물이라도 되는 듯 오래도록 들여다봤다.

뜻하지 않게 나온 어린 왕자의 속내 이야기에서 '다른 별'이라는 말을 듣고, 내가 얼마나 궁금해 안달이 났을지 여러분은 상상이 갈 것이다.

"애야, 너는 어디서 왔니? '내가 사는 곳'이라는 데가 어디야? 그 양을 어디로 데려갈 거니?"

어린 왕자는 생각에 깊이 잠겨 한동안 말이 없다가 이내 다시 입을 열었다.

　"아저씨가 상자를 줘서 좋아. 밤이 되면 양 우리로 쓸 수 있잖아."

　"물론이지. 네가 착하게 굴면 낮에 매어둘 끈도 그려줄게."

　이 제안에 어린 왕자는 놀란 듯했다.

　"양을 매어둔다고? 별 이상한 생각도 다 하네!"

　"매어놓지 않으면 아무데나 돌아다녀서 길을 잃어."

　내 친구는 또다시 까르르 웃었다.

　"양이 가긴 어딜 가!"

　"어디든. 곧장 앞으로 가지."

　그러자 어린 왕자는 심각해져서 이렇게 말했다.

　"괜찮아. 내가 사는 곳은 정말 작으니까!"

　그러고는 조금 서글픈 표정으로 덧붙였다.

　"곧장 앞으로 가봐야 그리 멀리 갈 수도 없어."

소행성 B612에 서 있는 어린 왕자

이렇게 해서 나는 매우 중요한 두 번째 사실을 알게 되었다. 어린 왕자가 살던 별은 겨우 집 한 채보다 조금 클까 말까 한 정도라는 것이나!

그러나 별로 놀라지는 않았다. 지구나 목성, 화성, 금성처럼 우리가 이름을 붙인 커다란 행성들 외에도, 망원경으로도 관측하기 힘들 만큼 아주 작은 별들이 수백 개는 더 있다는 사실을 나는 잘 알고 있었기 때문이다. 천문학자가 그런 별을 하나 발견하면 이름 대신 번호를 붙인다. 이를 테면 '소행성 325' 같이 말이다.

나는 어린 왕자가 살다 온 별이 소행성 B612라고 믿을 만한 확실한 근거를 갖고 있다.

그 별은 1909년, 어느 터키 천문학자의 망원경에 딱 한 번 잡힌 적이 있다.

....

....

....

....

....

....

....

....

....

....

....

....

....

....

....

....

그 천문학자는 국제 천문 학회에서 자신이 발견한 것을 대대적으로 증명했다. 하지만 그의 초라한 옷차림 때문에 아무도 그의 말을 믿지 않았다. 어른들은 늘 이런 식이다.

그런데 소행성 B612의 명성을 위해서는 다행스럽게도, 터키의 독재자가 자신의 국민들에게 유럽식 의복을 입으라는 명령을 내렸고, 어길 시에는 사형을 선고하도록 했다. 1920년, 그 터키 천문학자는 아주 우아하게 차려입고 와서 자신이 발견한 것을 다시 증명했다. 이번에는 모두가 그의 말을 믿었다.

내가 소행성 B612에 대해 이렇게 자세히 얘기하며 번호까지 알려주는 것은 다 어른들 때문이다. 어른들은 숫자를 좋아한다. 여러분이 새로 친구를 사귀었다고 말하면 어른들은 중요한 것을 묻는 법이 결코 없다.

　　"목소리가 어떻니? 그 애가 제일 좋아하는 놀이는 뭐야? 나비를 수집하니?" 하고 묻지 않는다. 대신 이런 것들을 묻는다. "몇 살이니? 형제는 몇 명이고? 몸무게는 몇이야? 아버지는 수입이 얼마나 되시니?" 이런 것들을 알아야 비로소 그 애를 안다고 생각한다.

만일 어른들에게 "창턱에 제라늄 화분이 있고 지붕엔 비둘기들이 앉아 있는 예쁜 빨간 벽돌집을 봤어요." 하고 말하면, 어른들은 그 집을 떠올리지 못한다. 어른들한테는 이런 식으로 말해야 한다.

"10만 프랑짜리 집을 봤어요."

그러면 어른들은 이렇게 외칠 것이다. "정말 멋지겠구나!"

그래서 여러분이 "어린 왕자가 있었다는 증거는 그가 정말 귀엽고 잘 웃으며 양 한 마리를 갖고 싶어 했다는 거예요. 누가 양 한 마리를 갖고 싶어 한다면 그건 그 사람이 이 세상에 존재한다는 증거예요."라고 말하면 어른들은 어깨를 으쓱하며 여러분을 어린애 취급할 것이다!

그러나 "어린 왕자가 살다 온 별은 소행성 B612예요." 하고 말하면 어른들은 알아듣고서, 이런저런 질문으로 더는 여러분을 귀찮게 하지 않을 것이다.

어른들은 그렇다. 그러나 그들을 탓할 필요는 없다. 아이들은 그저 어른들을 너그럽게 대해야 한다.

물론, 인생이 어떤 것인지 이해하는 우리들에게 숫자 따위는 중요하지 않다. 나는 이 이야기를 동화처럼, 이렇게 시작하고 싶었다.

"옛날 옛날에 어린 왕자가 자기보다 조금 클까 말까 한 작은 별에 살았어요. 그에게는 친구가 필요했어요."

인생을 이해하는 사람들에게는 이편이 훨씬 더 진실한 느낌을 주었을 것이다.

나는 사람들이 내 책을 가볍게 읽고 넘어가는 것을 원하지 않는다. 이제 어린 왕자와의 추억을 이야기하려고 하니 마음이 무척 슬프다. 내 친구가 양을 데리고 떠난 지 벌써 여섯 해나 지났다. 지금 여기에다 그의 모습을 그리는 것은 그를 잊지 않기 위해서다. 친구를 잊는다는 건 슬픈 일이다. 누구나 다 친구를 가질 수 있는 건 아니니까. 그리고 언젠가는 나 역시 숫자에만 관심 있는 어른들처럼 될 수도 있다.

이런 까닭에 나는 물감 한 상자와 연필을 샀다. 여섯 살에 속이 보이거나 안 보이는 보아뱀을 그린 것 말고는 그림을 그려본 적이 없는 내가 이 나이에 다시 그림을 그리려고 하니 힘이 든다!

가능한 한 최선을 다해 나는 어린 왕자와 닮은 초상화를 그리려고 노력할 것이다. 하지만 잘해낼 수 있을지는 정말 자신이 없다. 어떤 그림이 잘 그려지면, 또 어떤 그림은 영 비슷하지가 않다. 키도 조금씩 틀려진다. 이 그림에서는 너무 크고 저 그림에서는 너무 작다.

옷 색깔도 망설여진다. 그저 그럭저럭 기억을 조금씩 더듬어 그려본다. 중요한 어떤 부분들을 잘못 그릴지도 모른다. 그러나 나를 좀 이해해줬으면 한다. 내 친구는 자세히 설명해주는 법이 없었으니까.

아마 나를 자신과 비슷하다고 생각했던 모양이다. 그러나 불행히도 나는 상자 속의 양을 볼 줄 모른다. 어쩌면 나도 조금은 어른들과 비슷해져버렸는지 모르겠다. 나도 나이가 들었나보다.

나는 날마다 어린 왕자가 살던 별이나 출발하던 상황, 그가 여행한 별들에 대해 알아갔다. 어린 왕자가 생각에 빠졌을 때 우연히 조금씩 써낸 말들을 통해서였다. 이런 식으로 셋째 날, 바오바브나무의 비극에 대해서도 알게 되었다.

이번에도 양 덕분이었다. 어린 왕자가 갑자기 의심이 생긴 듯 심각하게 물었던 것이다.

"양이 작은 떨기나무들을 먹는다는 게 사실이야?"

"응. 사실이지."

"아! 그거 잘됐다."

나는 양이 작은 떨기나무를 먹는 게 왜 그렇게 중요한지 알 수 없었다. 어린 왕자가 다시 물었다.

"그러면 양이 바오바브나무도 먹어?"

나는 바오바브나무는 작은 떨기나무가 아니라 성당 건물만큼이나 커다란 나무라고 알려줬다. 그렇기 때문에 코끼리 한 무리를 데려간다 해도 바오바브나무 한 그루를 다 먹어치우지 못할 거라고 말이다. 코끼리 한 무리라는 말에 어린 왕자는 까르르 웃었다.

"코끼리들을 차곡차곡 포개놓아야겠는걸…."

영리하게 이런 지적도 했다.

"바오바브나무도 커다랗게 자라기 전에는 아주 작아."

"그건 그렇지! 그런데 왜 양이 어린 바오바브나무를 먹었으면 하는 거야?"

그는 다 아는 것을 묻는다는 듯 대꾸했다.

"아이 참! 당연하잖아!"

나는 이 수수께끼를 스스로 풀어내기 위해 머리를 마구 쥐어짜야 했다.

아닌 게 아니라 어린 왕자의 별에는 다른 별들과 마찬가지로 좋은 풀과 함께 나쁜 풀도 자랐다. 따라서 좋은 풀의 좋은 씨와 나쁜 풀의 나쁜 씨가 있었다. 그런데 씨는 눈에 보이지 않는다. 땅 속 깊은 곳에서 잠을 자니까 말이다. 그러다 깨어나고 싶은 마음이 들면 기지개를 켜고, 자그마하고 예쁘장한 가지를 태양을 향해 수줍게 내뻗는다.

그게 작은 무나 장미나무의 가지라면 마음대로 자라게 놔둬도 된다. 그러나 나쁜 식물이라면 알아채는 즉시 뽑아버려야 한다. 그런데 어린 왕자의 별에는 무시무시한 씨들이 있었다….

바로 바오바브나무의 씨앗이었다. 땅 속에 그 씨들이 잔뜩 퍼져 있었다. 바오바브나무는 너무 늦게 손을 쓰면 절대로 없앨 수 없다. 나무가 별 전체를 가득 덮고, 뿌리들이 사방에 구멍을 뚫어놓는다. 아주 작은 별에 바오바브나무가 너무 많으면, 별은 그만 쪼개져 산산조각이 나고 만다.

"그건 규율의 문제야." 얼마 뒤에 어린 왕자가 말했다.

"아침에 세수를 하고 나면 별 구석구석을 세심하게 청소해줘야 해. 바오바브나무는 어릴 때는 장미나무와 아주 비슷하지만, 구별이 되는 순간 바로 뽑아줘야 해. 아주 지루한 일이지만 또 아주 쉬운 일이기도 해."

어느 날 그는 내게 지구의 아이들이 바오바브나무의 위험성을 알 수 있도록 멋있게 그림을 그려보라고 말했다.

"아이들이 언젠가 여행을 떠난다면 그 그림이 도움이 될 거야. 가끔은 해야 할 일을 미뤄도 괜찮아. 하지만 그게 바오바브나무에 관한 일이라면 언제나 대참사가 벌어져. 나는 게으름뱅이가 살던 별을 하나 아는데, 그가 작은 나무 세 그루를 대수롭지 않게 여기고 그냥 두었다가 그만…"

그래서 나는 어린 왕자가 알려준 대로 그 별을 그려봤다. 나는 훈계조의 말투는 그다지 좋아하지 않는다. 그러나 바오바브나무의 위험싱이 거의 알려지지 않은 네 반해, 그 나무가 사라는 별에 잘못 들어선 여행자에게 닥칠 수 있는 위험은 대단히 크므로, 이번 한 번만 예외로 하겠다.

"애들아! 바오바브나무를 조심하렴!"

나는 나처럼 오랫동안 바오바브나무의 위험을 모르고 지나쳤던 내 친구들에게 경각심을 주려고 무척 정성스럽게 그림을 그렸다. 이 바오바브나무 그림이 주는 교훈은 그만한 가치가 있다.

어쩌면 여러분은 이렇게 물을지도 모르겠다. 어째서 이 책의 다른 그림들은 바오바브나무 그림처럼 크고 화려하지 않아요? 대답은 아주 간단하다. 나도 노력했지만 성공하지 못했기 때문이다. 바오바브나무를 그릴 때는 긴급한 문제라는 생각에 내가 꽤나 힘이 넘쳤던 것 같다.

아! 어린 왕자, 이렇게 나는 너의 여리고 쓸쓸한 삶에 대해 조금씩 알게 되었단다. 네게는 해 지는 감미로운 광경을 보는 것 외에 오래도록 다른 낙이 없었어. 네가 넷째 날 아침에 말했을 때 나는 그 새로운 사실을 알았어.

"나는 해 지는 광경이 정말 좋아. 해 지는 걸 보러 가자."

"아직 기다려야 돼."

"뭘 기다려?"

"해가 지길 기다려야지."

처음에 너는 아주 놀란 표정을 하더니 이내 혼자서 까르르 웃었어. 그러고는 말했지.

"지금도 내가 내 별에 있는 것만 같아서…."

맞아. 미국에서 정오면 프랑스에서는 해가 지고 있지. 1분 만에 프랑스로 갈 수 있다면 충분히 해 지는 걸 볼 수 있을 텐데. 불행히도 프랑스는 너무 멀리 떨어져 있어. 그러나 너의 작은 별에서는 의자에 앉은 채 몇 발짝만 당겨 앉으면 되었지. 그래서 넌 원할 때마다 석양을 바라볼 수 있었던 거야.

"하루는 해 지는 광경을 마흔네 번이나 봤어!"

잠시 뒤에 너는 또 이렇게 말했어.

"있잖아… 나는 몹시 슬플 때면 해 지는 광경을 보고 싶거든…"

"마흔네 번이나 해 지는 걸 봤던 날, 넌 그렇게나 슬펐던 거야?"

어린 왕자는 대답하지 않았다.

다섯째 날, 이번에도 양 덕분에 어린 왕자의 생활에 관한 또 다른 비밀을 알게 되었다. 어린 왕자가 오랫동안 말없이 고민해왔다는 듯 느닷없이 물었던 것이다.

"양이 말이야, 작은 나무들을 먹는다면 꽃도 먹을까?"

"양은 제 앞에 있는 건 뭐든 먹지."

"가시 있는 꽃도?"

"응, 가시 있는 꽃도."

"그렇담, 가시가 무슨 소용이야?"

나도 알 수 없었다. 그때 나는 엔진에 꽉 조여진 볼트를 푸느라 정신이 없었다. 비행기가 좀처럼 고쳐지지 않아 상황이 심각하게 느껴져서 몹시 걱정이 되었고, 마실 물까지 떨어져가서 최악의 상황을 염려하고 있었다.

"꽃의 가시가 대체 무슨 소용이 있는 거야?"

어린 왕자는 한번 물어보면 대답을 들을 때까지 절대로 그냥 넘어가지 않았다.

나는 볼트 때문에 신경이 곤두선 상태라 아무렇게나 대꾸해버렸다.

"가시는 아무 데도 쓸모없어. 순전히 꽃들이 심술부릴 때나 쓰는 거지."

"이이!"

잠시 말이 없던 어린 왕자는 원망하듯 내쏘았다.

"그렇지 않아! 꽃들은 연약해. 순진하고. 자기가 할 수 있는 만큼 최선을 다해 스스로를 보호하려는 거야. 꽃은 가시를 가졌기 때문에 남들이 자기를 무서워할 거라고 생각한다고⋯."

....

....

....

....

....

....

....

나는 아무 대꾸도 하지 않았다. 당시에 나는 '볼트가 계속 안 빠지면 망치로 부숴버려야겠다.'는 생각을 하고 있었다. 어린 왕자가 다시 내 생각을 방해했다.

"그럼 아저씨 생각에는, 꽃이…"

"그만! 그만! 난 아무 생각도 안 해! 그냥 떠오르는 대로 아무 말이나 한 거야. 나는 지금 중요한 일을 하느라 바쁘다고!"

어린 왕자는 굉장히 놀란 표정으로 날 쳐다봤다.

"중요한 일!"

어린 왕자는 그에게는 몹시 흉하게 보일 것 같은 물건에 몸을 구부리고 있는 나를, 내 손의 망치와 시커먼 기름투성이인 내 손가락을 바라봤다.

"꼭 어른들처럼 말하네!"

나는 조금 부끄러워졌다. 그러나 그는 사정없이 말을 이었다.

"아저씨는 전부 잘못 생각하고 있어…. 모든 게 엉망진창이야!"

그는 정말로 몹시 화가 난 것이다. 그의 금빛 머리칼이 바람에 나부꼈다.

"어느 별에 얼굴이 시뻘건 아저씨가 있었어. 그 아저씨는 꽃향기를 맡아본 적이 없어. 별을 바라본 적도 없고. 누구를 사랑한 적도 없어. 덧셈 말고 다른 건 결코 해본 적이 없댔어. 그리고 하루 종일 아저씨랑 똑같은 말만 되풀이했어. '난 중요한 일을 하는 사람이야! 난 중요한 일을 하고 있다고!' 잘난 척만 계속했어. 그런데 알아? 그 아저씨는 사람이 아니야, 그냥 버섯이지!"

"뭐라고?"

"버섯이라고!"

어린 왕자는 너무 화가 난 탓에 얼굴이 하얗게 질려 있었다.

"수백만 년 전부터 꽃들은 가시를 만들었어. 수백만 년 전부터 양들은 꽃을 먹었고. 그런데도 꽃들이 아무 쓸모없는 가시를 만드느라 왜 그렇게 애를 쓰는지 아는 게 중요한 일이 아니야? 양과 꽃의 전쟁이 중요하지 않다고? 이게 얼굴이 시뻘겋고 뚱뚱한 아저씨의 덧셈보다 더 중요하지도 진지하지도 않은 일이란 말이야? 나의 별에는 세상 그 어디에도 없는, 단 하나뿐인 꽃이 있어. 작은 양 한 마리가 자기가 무슨 짓을 하는지도 모른 채 무심코, 단번에, 먹어 없애버려도, 그게 중요하지 않단 말이야?"

어린 왕자는 얼굴이 빨개진 채 계속 말했다.

"만일 누군가가 수백수천만 개의 별 중에 단 한 곳에만 피어 있는 꽃 한 송이를 사랑한다면, 그는 별들을 쳐다보는 것만으로도 행복할 거야. '내 꽃이 저기 어딘가에 있어.' 생각할 거야. 그런데 양이 그 꽃을 먹어버리면, 그건 그 사람에게는 갑자기 모든 별이 꺼져버리는 거나 마찬가지야! 그런데 그게 중요하지 않다고!"

어린 왕자는 말을 더 잇지 못했다. 갑자기 울음이 터져버린 것이다. 밤이 내렸다. 나는 내 도구들을 내려놓았다. 망치니 볼트니 목마름이니 죽음 따위는 더 이상 중요하지 않았다. 어떤 별에, 내가 사는 행성인 지구라는 별에 위로가 필요한 어린 왕자가 있었다! 나는 그를 품에 안고 흔들어 달랬다. "네가 사랑하는 꽃은 위험하지 않아…. 네 양에게 부리망을 그려줄게…. 꽃에게는 보호 덮개를 그려주고…. 또…."

나는 더 뭐라고 위로해야 할지 알 수 없었다. 내 행동이 몹시 서툴게 느껴졌다. 어떻게 해야 그에게 가 닿고, 어디쯤에서 마음이 하나가 될 수 있을지 알 수가 없었다…. 눈물의 나라는 정말이지 수수께끼다.

나는 곧 그 꽃에 대해 좀 더 잘 알게 되었다. 어린 왕자의 별에는 늘 꽃잎이 한 겹뿐인 소박한 꽃들이 있었다. 그 꽃들은 자리도 별로 사시하지 않고 누구를 귀찮게 하지도 않았다. 아침이면 풀 사이로 올라왔다가 저녁이면 스러졌다.

그러던 어느 날, 어디서 왔는지 모를 씨앗 하나가 어린 왕자의 별에 싹을 틔웠다. 어린 왕자는 다른 꽃들과는 전혀 다른 자그마한 가지를 주의 깊게 관찰했다. 새로운 종류의 바오바브나무일 수도 있었으니까. 그런데 작은 나무는 이내 더 자라지 않고 꽃을 피울 준비를 했다. 어린 왕자는 커다란 꽃봉오리가 자리 잡는 것을 보고는 곧 놀라운 기적이 나타날 것을 예감했다.

그러나 꽃은 안전한 초록색 방에서 단장하기를 멈추지 않았다. 꽃은 정성스레 빛깔을 골랐다. 천천히 옷을 입고 꽃잎들을 한 장 한 장 가다듬었다. 개양귀비처럼 온통 구겨진 채로는 나오기 싫었던 것이다. 최고로 아름답게 빛날 때 나오고 싶었다.

아무렴! 그 꽃은 애교가 대단히 많았다! 따라서 꽃의 신비로운 단장은 며칠이고 계속됐다. 그러던 어느 날 아침, 해가 떠오르는 바로 그 시각에 꽃이 모습을 드러냈다.

그토록 빈틈없이 준비했으면서도 꽃은 하품을 하며 말했다. "아아! 이제 막 깨어났어…. 미안해… 아직 머리가 헝클어진 상태라서…."

어린 왕자는 감탄을 억누를 수가 없었다.

_____

_____

_____

_____

_____

_____

_____

"너무나 아름다워!"

"그렇지? 게다가 나는 해님과 동시에 태어났어." 꽃이 조용히 대답했다.

어린 왕자는 꽃이 그다지 겸손하지 않다는 것을 눈치챘다. 하지만 그 꽃은 정말이지 마음을 설레게 했다!

"아침 먹을 시간 같은데. 내게 친절을 베풀어줄 생각은 있는 거지?" 잠시 뒤에 꽃이 말했다.

어린 왕자는 무척 당황하면서도 물뿌리개를 찾아와 꽃에 물을 뿌려줬다.

이처럼 꽃은 약간은 까탈스러운 허영심으로 어린 왕자의 마음을 괴롭혔다. 어느 날은 제 몸에 있는 가시 네 개를 보여주면서 어린 왕자에게 이렇게 말했다.

"호랑이가 발톱을 세우고 덤벼들면 어떡하지?"

"내 별에 호랑이는 없어. 그리고 호랑이는 풀을 먹지 않아."

어린 왕자가 대꾸했다.

"나는 그냥 풀이 아니야." 꽃이 가만히 대답했다.

"미안해."

"호랑이 따위는 전혀 겁나지 않아. 하지만 바람이라면 질색이
야. 혹시 바람막이 같은 거 없어?"

'바람이 질색이라니… 식물로서 안된 일이네. 이 꽃은 꽤 까다
롭구나.' 어린 왕자는 생각했다.

"저녁이면 유리 덮개를 씌워줘. 이곳은 몹시 추워. 환경이 제대
로 안 갖춰져 있어. 내가 살던 곳은…."

꽃은 말을 멈췄다. 씨앗으로 왔기 때문에 다른 곳에 대해서는 알 턱이 없었기 때문이다. 꽃은 그처럼 순진한 거짓말을 하려다 들킨 것이 창피했던지 두세 번 기침을 했다. 어린 왕자에게 잘못을 돌리려고 말이다. 그러고는 다시 물었다.

"바람막이는?"

"가지러 가려고 했는데 네가 계속 말을 걸었잖아!"

아무튼 꽃은 어린 왕자에게 죄책감을 주려고 억지로 기침을 했다. 그래서 어린 왕자는 진심으로 꽃을 사랑했음에도 이내 꽃을 의심하게 되었다. 그는 꽃이 내뱉는 별로 중요하지 않은 말도 심각하게 받아들였다. 그러자 몹시 불행해졌다.

"꽃의 말을 귀담아듣지 말았어야 했어."

어느 날 어린 왕자가 내게 털어놨다.

"꽃들의 말은 절대로 귀담아들으면 안 돼. 그저 바라보고 향기를 맡아야 해. 내 꽃은 내 별을 향기롭게 해주었는데, 난 그걸 즐길 줄 몰랐어. 발톱 이야기에 나는 아주 화가 났거든. 마음을 너그럽게 먹었어야 했는데…."

또 이런 말도 했다.

"그때 나는 아무것도 몰랐어! 그 꽃을 말이 아니라 행동으로 판단했어야 했어. 꽃은 내게 향기를 뿜어주고 나를 환하게 밝혀줬는데. 그렇게 도망치지 말았어야 했어! 꽃의 대단찮은 심술 뒤에 숨은 애정을 눈치챘어야 했는데…. 꽃들은 정말이지 앞뒤가 안 맞는 말을 잘해! 나는 너무 어려서 꽃을 사랑할 줄 몰랐던 거야."

9장

내 생각에 어린 왕자는 이동하는 철새들을 이용해 별을 빠져나왔던 것 같다. 출발하는 날 아침, 어린 왕자는 자기 별을 말끔히 정돈했다. 활화산들을 세심하게 청소해줬다. 그의 별에는 활동 중인 화산이 두 개 있어서 아침마다 음식을 데워 먹기에 아주 편리했다. 불이 꺼진 휴화산도 하나 있었다.

그러나 그가 말했듯이 "어떻게 될지 아무도 몰랐다!" 그래서 휴화산도 활화산과 마찬가지로 청소해놓았다.

청소를 잘해놓으면 화산은 천천히 규칙적으로 타오르고 폭발하지 않는다. 화산 폭발은 굴뚝에서 불이 나는 원리와 같다. 물론 지구에 사는 우리들은 지구의 화산들을 청소해주기에는 너무 작다. 그 때문에 지구의 화산들이 곤란한 문제들을 많이 일으키는 것이다.

어린 왕자는 조금 서글픈 마음으로, 올라온 지 얼마 안 된 바오바브나무의 뿌리를 뽑아냈다. 다시 돌아오지 못하리라는 생각이 들었던 것이다. 그날 아침은 익숙한 그 모든 일에 유난히 마음이 쓰였다.

어린 왕자가 마지막으로 꽃에 물을 주고 둥근 유리 덮개를 씌워 주려고 하는데, 울음이 터져 나올 것 같았다.

"잘 있어." 어린 왕자가 꽃에게 말했다.

그러나 꽃은 대답하지 않았다.

"잘 있어." 어린 왕자가 다시 말했다.

꽃은 기침을 했다. 감기에 걸려서 그런 것은 아니었다.

"내가 어리석었어." 마침내 꽃이 입을 열었다. "용서해줘. 부디 행복하길 바랄게."

어린 왕자는 꽃이 자기를 탓하지 않아서 깜짝 놀랐다. 어리둥절해진 어린 왕자는 유리 덮개를 손에 든 채 그대로 멈춰 서버렸다. 꽃의 상냥하고 조용한 태도가 너무나 낯설었다.

"그래, 난 널 사랑해." 꽃이 말했다.

"네가 그걸 모르는 건 내 탓이야. 하지만 그건 중요하지 않아. 너도 나만큼 어리석었어. 부디 행복하길 바랄게…. 유리 덮개는 그냥 둬. 더는 필요 없으니까."

"하지만 바람이…."

"난 그리 쉽게 감기에 걸리지는 않아…. 오히려 밤의 신선한 바람이 내게 좋을 거야. 나는 꽃이잖아."

"하지만 벌레들이…."

"나비들이 오게 하려면 애벌레 두세 마리 정도는 참아야겠지. 나비는 정말로 아름다운 것 같아. 그리고 나비들 아니면 누가 날 찾아오겠어? 너는 멀리 갈 텐데. 커다란 짐승들은 하나도 안 무서워. 나는 발톱이 있으니까." 꽃은 순진하게 가시 네 개를 내보였다. 그러고는 이렇게 말했다.

"그렇게 꾸물거리지 마. 성가시니까. 떠나기로 결심했다면, 어서 가."

꽃은 우는 모습을 어린 왕자에게 보이고 싶지 않았던 것이다. 그 정도로 자존심이 무척 강한 꽃이었다….

10장

어린 왕자의 별은 소행성 325호와 326호, 327호, 328호, 329호, 330호가 위치한 지역에 있었다. 그래서 어린 왕자는 일거리를 구하고 또 뭔가를 배울 수도 있을까 싶어서 그 별들을 방문했다.

첫 번째로 방문한 별에는 왕이 살고 있었다. 왕은 자주색 옷감과 흰 담비 가죽으로 만든 옷을 입고서 단순하지만 위엄 있어 보이는 옥좌에 앉아 있었다.

"아! 신하가 하나 왔도다." 왕이 어린 왕자를 보자 소리쳤다.

어린 왕자는 생각했다.

'나를 한 번도 본 적이 없는데 어떻게 나를 알아보지?'

왕들에게 세상은 매우 단순하다는 것을 어린 왕자는 알지 못했다. 그들에게 다른 사람들은 모두 신하인 것이다.

"내가 잘 볼 수 있게 가까이 오라." 왕은 누군가의 왕이 된다는 사실에 흡족해하면서 말했다.

어린 왕자는 앉을 곳을 찾아 둘러봤지만 그 별은 왕의 화려한 흰 담비 망토로 온통 뒤덮여 앉을 틈이 없었다. 그래서 어린 왕자는 그대로 서 있었는데, 피곤했던 탓인지 하품이 나왔다.

"왕 앞에서 하품을 하는 것은 예의에 어긋난다. 하품을 금하노라." 왕이 말했다.

"참을 수가 없어요. 긴 여행을 하느라 잠을 못 잤거든요." 어린 왕자가 몹시 당황하며 말했다.

"그렇다면, 네게 명하노니 하품을 하도록 하라. 짐은 벌써 몇 해째 하품하는 사람을 보지 못했다. 하품하는 것도 짐에게는 구경거리가 된다. 자! 명령하노니 또 하품을 하라." 왕이 말했다.

"갑자기 그렇게 말하니 주눅이 들어서… 못하겠어요." 어린 왕자가 얼굴을 붉히며 말했다.

"에헴! 에헴! 그렇다면… 짐이 명하노니, 때로는 하품을 하고 또 때로는…"

왕은 말끝을 불분명하게 웅얼거렸는데, 조금 화가 난 것 같았다. 왕은 자신의 권위가 존중받기를 원했고, 불복종을 용납하지 않았다. 그는 절대 군주였던 것이다. 그러나 또한 아주 착한 사람이기도 했으므로 합리적인 명령을 내렸다.

왕은 평소에 이렇게 말하곤 했다. "짐이 만일 어떤 장군에게 바닷새로 변하라고 명했는데 장군이 복종하지 않는다면, 그건 장군의 잘못이 아니다. 짐의 잘못이니라."

"앉아도 될까요?" 어린 왕자가 머뭇거리며 물었다.

"짐이 명하노니, 앉으라." 왕이 흰 담비 가죽 망토의 한 자락을 위엄 있게 걷어 올리며 말했다.

어린 왕자는 놀라지 않을 수 없었다. 그 별은 매우 작았다. 도대체 여기서 왕은 무엇을 다스리는 걸까?

"폐하… 죄송하지만 한 가지 질문을 해도 될까요?"

"짐이 명하노니, 질문하라." 왕이 빠르게 대답했다.

"폐하… 폐하는 무엇을 다스리세요?"

"모든 것." 왕이 아주 간단하게 대답했다.

"모든 것이라고요?"

왕은 슬며시 손을 들어 자기 별과 다른 별들과 또 떠돌아다니는 작은 별들을 가리켰다.

"저 별들 다요?" 어린 왕자가 물었다.

"저 별들 다." 왕이 대답했다.

그는 절대 군주일 뿐만 아니라 우주를 다스리는 군주였던 것이다.

"별들이 폐하께 복종하나요?"

"당연히 즉시 복종하지. 짐은 불복종을 용납하지 않는다."

어린 왕자는 왕의 능력이 그토록 대단한 것에 감탄했다. 자신에게 그런 능력이 있다면 의자를 당길 필요도 없이 해 지는 광경을 하루에 마흔네 번뿐 아니라 일흔두 번, 아니 백 번, 아니 이백 번이라도 볼 수 있을 텐데! 갑자기 버려두고 온 자신의 작은 별이 생각나서 조금 슬퍼진 어린 왕자는, 용기를 내어 왕에게 친절을 베풀어달라고 부탁했다.

"해 지는 광경을 보고 싶어요…. 제가 행복할 수 있게… 해가 지도록 명령을 내려주세요."

"짐이 만일 어떤 장군에게 나비처럼 이 꽃에서 저 꽃으로 날아가라고 하거나 비극을 한 편 쓰라고 하거나 바닷새로 변하라고 명령했는데 장군이 그 명령을 수행하지 못했다면, 짐과 그 장군 중 누구의 잘못이겠느냐?"

"폐하의 잘못이지요." 어린 왕자가 분명하게 대답했다.

"그렇지. 누구에게든 그가 실행할 수 있는 명령을 내려야 한다. 권위란 우선적으로 이성에 근거해야 하는 법이다. 백성들에게 바다에 뛰어들라고 명령하면 반란이 일어난다. 이치에 맞는 명령을 내려야, 복종을 요구할 권한도 있는 것이다."

"그런데 제가 부탁한 해 지는 광경은요?"

한번 물어보면 대답을 들을 때까지 절대로 그냥 넘어가는 법이 없는 어린 왕자가 다시 물었다.

"짐이 명할 테니 해 지는 광경을 보게 되리라. 그러나 짐의 통치 방식에 따라 조건들이 갖춰지기를 기다려야 한다."

"그게 언제 갖춰지나요?" 어린 왕자가 물었다.

"에헴! 에헴!" 왕은 대답하기 전에 두툼한 책력을 살펴보았다. "에헴! 에헴! 그건… 오늘 저녁 7시 40분경이 될 것이다! 그때가 되면 내 명령이 얼마나 잘 이행되는지 보게 되리라."

어린 왕자는 하품을 했다. 해 지는 광경을 놓치는 게 아쉬웠다. 그러나 이미 지루해지기 시작했다.

"여기서 제가 더 할 일이 없군요. 떠나야겠어요!" 어린 왕자가 왕에게 말했다.

"가지 마라. 대신으로 삼아줄 테니 가지 마라!" 신하가 생겨서 몹시 흡족했던 왕이 어린 왕자를 붙잡았다.

"무슨 대신요?"

"음… 사법 대신이다!"

"판결할 사람이 아무도 없잖아요."

"그건 모르는 일이다. 짐이 아직 영토를 돌아본 적이 없어서. 짐은 매우 연로한데 마차를 둘 공간이 없어. 걸어 다니는 건 피곤한 일이고."

"아! 제가 벌써 봤어요. 저쪽에도 아무도 없어요." 어린 왕자가 몸을 구부려 별의 다른 쪽을 한 번 더 보고 나서 말했다.

"그럼 그대 자신을 심판하라. 그게 제일 어려운 일이다. 남을 심판하기보다 자기 자신을 심판하는 게 훨씬 어려운 일이야. 그대 자신을 제대로 심판한다면 그건 그대가 참으로 지혜로운 사람인 까닭이다." 왕이 말했다.

"제 자신을 심판하는 일이야 어디서든 할 수 있어요. 꼭 이곳에 있을 이유는 없어요."

"에헴! 짐의 생각에 분명 이 별 어딘가에 늙은 쥐 한 마리가 있다.

밤이면 소리가 난다. 그 늙은 쥐를 심판하라. 때때로 사형을 선고해도 좋다. 그 쥐의 목숨은 그대의 판결에 달려 있다. 그러나 매번 특별 사면을 내려 쥐의 목숨을 아끼도록 하라. 이 별에 단 한 마리뿐인 쥐이니."

"저는 사형 선고를 내리고 싶지 않아요. 이제 정말 가야겠어요."

"안 된다." 왕이 말했다.

어린 왕자는 떠날 채비를 다 마쳤지만 나이 든 왕을 슬프게 하고 싶지는 않았다.

"폐하의 명령이 지켜지기를 바라신다면 제가 실행할 수 있는 명령을 내려주세요. 예를 들어 1분 내로 떠나라고 명령하시면 좋겠습니다. 제가 볼 때 조건들은 충족된 것 같은데요."

왕이 아무 말도 하지 않자 어린 왕자는 잠시 망설였지만 이내 한숨을 쉬고 출발했다.

"그대를 짐의 대사로 임명하노라." 왕이 다급하게 소리쳤다.

위엄에 가득 찬 표정이었다.

'어른들은 정말 이상해.'

어린 왕자는 길을 떠나며 생각했다.

두 번째 별에는 자만심이 강한 사람이 살고 있었다.

"아! 아! 나의 숭배자가 왔구나!" 그는 멀리서 오고 있는 어린 왕자를 보자마자 소리쳤다. 자만심 강한 사람들에게는 다른 사람들이 다 자신의 숭배자로 보이는 것이다.

"안녕하세요. 이상한 모자를 쓰고 있네요." 어린 왕자가 말했다.

"인사할 때 쓰는 모자란다. 사람들이 내게 환호할 때 답례하기 위한 거지. 그런데 불행히도 이쪽으로 지나가는 사람이 아무도 없었어."

"그래요?" 어린 왕자는 그의 말이 무슨 뜻인지 이해하지 못했다.

"손뼉을 마주 쳐보렴." 자만심 강한 남자가 말했다.

어린 왕자가 손뼉을 마주 쳤다. 자만심이 강한 남자는 모자를 들어 올리며 멋들어지게 인사를 했다.

'왕이 사는 별보다 훨씬 재미있는걸.'

어린 왕자는 생각했다. 그러고는 다시 손뼉을 마주 쳤다. 자만심이 강한 남자는 또다시 모자를 들어 올리며 인사했다.

5분이 지나자 어린 왕자는 이 단조로운 놀이에 싫증이 났다.

그래서 이렇게 물었다.

"모자가 땅에 떨어지게 하려면 어떻게 해야 돼요?"

그러나 자만심 강한 사람은 어린 왕자의 물음을 듣지 못했다. 자만심이 강한 사람들은 칭찬하는 말 외에 다른 말은 결코 듣지 못한다.

"정말로 나를 그렇게 찬양하니?" 자만심 강한 사람이 어린 왕자에게 물었다.

"찬양한다는 게 무슨 뜻이에요?"

"'찬양한다'는 건 이 별에서 내가 제일 미남에 옷도 제일 잘 입고 가장 부자인데다 가장 똑똑하다고 인정하는 거야."

"이 별에는 아저씨밖에 없잖아요!"

"나를 기쁘게 해주렴. 어쨌든 나를 찬양해줘!"

"아저씨를 찬양해요." 어린 왕자는 어깨를 약간 으쓱하며 말했다. "그런데 그게 아저씨한테 무슨 소용이 있어요?"

그리고 어린 왕자는 그 별을 떠났다.

'어른들은 정말이지 아주 이상해.'

길을 떠나며 어린 왕자는 그저 이런 생각만 들었다.

다음 별에는 술꾼이 살고 있었다. 아주 짧은 시간 머물렀지만, 어린 왕자는 그 별을 방문한 뒤 몹시 우울해졌다.

"거기서 뭐 하고 있어요?" 어린 왕자가 술꾼에게 물었다. 술꾼은 빈 술병 한 무더기와 술이 가득 든 술병 한 무더기를 앞에 놓고서 조용히 앉아 있었다.

"술을 마시고 있지." 술꾼이 침울한 어조로 대답했다.

"왜 술을 마셔요?" 어린 왕자가 물었다.

"잊으려고." 술꾼이 대답했다.

"뭘 잊으려고요?" 어린 왕자는 술꾼이 벌써부터 불쌍하게 느껴졌다.

"창피한 것을 잊으려고." 술꾼이 고개를 푹 숙이며 털어놓았다.

"뭐가 창피한데요?" 어린 왕자는 그를 돕고 싶었다.

"술 마시는 게 창피해!" 술꾼은 이렇게 대답하고는 입을 꾹 다물어버렸다.

어린 왕자는 당황한 채 그 별을 떠났다.

'어른들은 정말이지 아주아주 이상해.'

어린 왕자는 길을 떠나며 생각했다.

네 번째로 방문한 별은 사업가의 별이었다. 사업가는 너무 바빠서 어린 왕자가 왔는데도 고개조차 들지 않았다.

"안녕하세요. 아저씨 담뱃불이 꺼졌어요." 어린 왕자가 말했다.

"셋에 둘을 더하면 다섯. 다섯에 일곱은 열둘. 열둘에 셋은 열다섯. 안녕. 열다섯에 일곱은 스물둘. 스물둘에 여섯은 스물여덟. 다시 불을 붙일 시간이 없단다. 스물여섯에 다섯은 서른하나. 휴우! 다해서 5억 162만 2,731이구나."

"뭐가 5억이에요?"

"응? 너 아직도 있었니? 5억 1백… 잊어버렸네… 일이 너무 많아! 나는 중요한 일을 하는 사람이라 시시한 얘기나 하며 노닥거리지 않는단다. 둘에 다섯을 더하니 일곱…"

"뭐가 5억이에요?"

한번 물어보면 대답을 들을 때까지 절대로 그냥 넘어가는 법이 없는 어린 왕자가 다시 물었다.

사업가가 고개를 들었다.

"내가 이 별에서 54년을 살았는데, 그동안 딱 세 번 방해를 받았다. 처음은 22년 전 어디선가 날아든 풍뎅이 한 마리 때문이었어. 지독하게 요란한 소리를 내는 통에 정신이 없어서, 덧셈을 네 군데나 틀렸지 뭐냐. 두 번째는 11년 전에 급성 류머티즘이 발병했을 때였다. 나는 운동이 부족해. 한가하게 돌아다닐 시간이 없거든. 나는 중요한 일을 하는 사람이니까. 세 번째는… 바로 지금이다!

그러니까 지금 5억…"

"뭐가 5억이에요?"

사업가는 어린 왕자가 자신을 내버려두지 않으리라는 걸 알아챘다.

"하늘에 가끔 보이는 작은 것들 말이다."

"파리요?"

"아니, 빛을 내는 작은 것들."

"벌이요?"

"아니. 게으름뱅이들을 몽상에 젖게 만드는 금빛으로 반짝이는 작은 것들. 하지만 나는 중요한 일을 하는 사람이야! 몽상에 빠질 시간이 없지."

"아! 별 말이군요?"

"바로 그거다. 별."

"그런데 5억 개의 별을 가지고 뭘 하세요?"

"정확히 5억 162만 2,731개란다. 나는 중요한 일을 하는 사람이고, 정확한 사람이지."

"그 별들을 갖고 뭘 해요?"

"무엇을 하냐고?"

"네."

"아무 것도 안 해. 그냥 그것들을 소유하는 거지."

"별들을 소유한다고요?"

"그래."

"하지만 전에 제가 만난 왕이…"

"왕은 소유하지 않아. '다스리지.' 그건 아주 다른 거란다."

"그러면 별들을 소유하는 게 아저씨한테 무슨 소용이 있는데 요?"

"부자가 되는 데 소용 있지."

"부자가 되는 건 무슨 소용이 있는데요?"

"다른 별들을 살 수 있게 해주지. 별들이 더 발견될 때마다 말이 야."

'이 아저씨는 아까 만난 가엾은 술꾼 아저씨랑 비슷하게 말하 네.' 어린 왕자는 생각했다.

그래도 어린 왕자는 몇 가지 질문을 더 했다.

"어떻게 하면 별을 소유할 수 있어요?"

"그 별들이 누구의 것인데?" 사업가는 짜증을 내며 되물었다.

"몰라요. 누구의 것도 아니겠죠."

"그렇다면 그건 내 거야. 내가 그걸 제일 먼저 생각해낸 사람이니까."

"생각만 하면 그걸로 되는 거예요?"

"물론이지. 네가 임자 없는 다이아몬드를 발견하면 그건 네 거야. 임자 없는 섬을 발견하면 그것도 네 거지. 아무도 하지 않은 생각을 하면 그것에 특허를 내. 그러면 그건 네 거야. 내게도 마찬가지야. 별들을 소유한다는 생각을 내가 제일 먼저 했으니까 별들은 내 거야."

"네, 그렇네요. 그럼 그 별들을 가지고 뭘 하는데요?"

"별들을 관리해. 별들을 세고 또 세지. 그건 어려운 일이야. 그러나 난 선천적으로 중요한 일에 관심이 많거든."

어린 왕자는 여전히 만족스럽지 않았다.

"만일 내가 실크 스카프를 하나 소유했다면 그걸 목에 두르고 다닐 수 있어요. 꽃을 하나 소유했다면 그걸 꺾어서 가지고 다닐 수 있어요. 하지만 하늘에 있는 별은 갖고 다닐 수도 없고…."

"그야 그렇지. 그러나 은행에 맡길 수는 있단다."

"그게 무슨 말이에요?"

"조그만 종이에다 내 별들의 번호를 적는 거야. 그다음에 그 종이를 서랍에 넣고 열쇠로 잠그는 거지."

"그게 다예요?"

"그러면 충분하지." 사업가가 말했다.

'재미있네. 시 같기도 하고. 그렇지만 그다지 중요한 일은 아니야.' 어린 왕자는 생각했다.

중요한 일에 관해 어린 왕자는 어른들과 생각이 아주 달랐다.

"나에게는 꽃이 한 송이 있어요." 어린 왕자가 사업가에게 말했다. "그 꽃에 날마다 물을 주죠. 화산도 세 개 있는데, 매주 청소해 줘요. 하나는 휴화산이지만 그것도 청소해줘요. 어떻게 될지 아무도 모르는 일이잖아요. 내가 화산과 꽃을 소유하는 건 화산과 꽃에게 도움이 되기 때문이에요. 하지만 아저씨는 별들에게 아무 도움도 안 되잖아요."

사업가는 입을 열었지만 대꾸할 말을 찾지 못했다. 어린 왕자는 그 별을 떠났다.

"어른들은 정말이지 너무너무 이상해."

어린 왕자는 길을 떠나며 혼자 말했다.

다섯 번째 별은 무척이나 신기했다. 어린 왕자가 지금까지 방문한 별 중 제일 작았다. 가로등 하나와 그것을 관리하는 가로등지기 한 사람만으로 별이 가득 찰 정도였다. 어린 왕자는 사람도, 집한 채도 없는 이런 별의 하늘에 가로등과 가로등지기가 무슨 소용이 있는지 알 수가 없었다. 그럼에도 이렇게 생각했다.

'이 아저씨 역시 분명히 엉뚱할 거야. 그래도 왕이나 자만심 강한 아저씨, 사업가나 술꾼 아저씨만큼 엉뚱하지는 않을 거야. 적어도 이 아저씨가 하는 일은 의미가 있으니까. 가로등지기 아저씨가 가로등에 불을 밝히면 별 하나 또는 꽃 한 송이를 태어나게 하는 것과 같잖아. 그리고 아저씨가 가로등 불을 끄면 별 또는 꽃이 잠이 들겠지. 이건 아름다운 일이야. 아름다우니까 정말 유익한 거야.'

어린 왕자는 별에 도착하자 가로등지기에게 공손한 태도로 인사했다.

"안녕하세요. 조금 전에 왜 가로등을 껐어요?"

"명령이야. 안녕." 가로등지기가 대답했다.

"명령이 뭐예요?"

"명령은 가로등을 끄라는 거야. 잘 자."

그러고서 그는 가로등을 다시 켰다.

"그런데 왜 또 가로등을 켰어요?"

"명령이야." 가로등지기가 대답했다.

"이해가 안 가요." 하고 어린 왕자가 말했다.

"이해하지 않아도 돼. 명령은 그냥 명령이니까. 안녕."

그리고 또 가로등을 껐다. 그리고는 빨간 바둑판무늬가 그려진 손수건으로 이마를 훔쳤다.

"일이 무지하게 힘들어. 옛날에는 꽤 괜찮았는데…. 아침에 가로등을 켰다가 저녁이면 다시 불을 껐거든. 그리고 나머지 낮 시간 동안은 휴식을 취하고 밤에 잠을 잤어."

"그런데 그 후에 명령이 바뀌었어요?"

"명령은 바뀌지 않았지. 바로 그게 비극이란다! 해가 갈수록 별은 점점 더 빨리 도는데 명령이 안 바뀌어서 문제야!" 가로등지기가 말했다.

"어째서요?" 어린 왕자가 물었다.

"그게 말이다. 이제 별이 1분에 한 바퀴를 돌아. 그러면 내가 쉴 틈이 단 1초도 없어지는 거야. 1분마다 가로등을 켰다가 다시 꺼야 하니까!"

"그거 아주 재밌네요! 아저씨네 별에서는 하루가 1분밖에 안 된다고요!"

"재밌을 거 하나 없어! 우리가 얘기하는 사이에 벌써 한 달이 흘러갔어."

"한 달요?"

"그래, 한 달. 30분이 지났으니까 30일이 지난 거야. 잘 자."

가로등지기는 다시 가로등을 켰다.

어린 왕자는 명령에 따라 충실히 일하는 가로등지기를 보고 있자니, 그가 아주 좋아졌다. 예전에 자신이 해 지는 광경을 보려고 의자를 조금씩 당겨 앉곤 하던 일이 떠올랐다. 어린 왕자는 가로등지기를 돕고 싶었다.

"있잖아요, 나는 아저씨가 쉬고 싶을 때마다 쉴 수 있는 방법을 알아요."

"나야 늘 쉬고 싶지." 가로등지기가 말했다.

사람은 성실하면서 동시에 게으름을 피우고 싶을 수도 있는 것
이다.

어린 왕자가 설명했다.

"아저씨네 별은 세 걸음이면 다 둘러볼 수 있을 만큼 아주 작잖아요. 그러니까 언제든 계속 햇빛 아래 있고 싶으면 천천히 걷기만 하면 돼요. 쉬고 싶으면 그냥 걷는 거죠. 그러면 원하는 만큼 낮이 계속될 거예요."

"그건 별로 도움이 안 되는구나. 내가 가장 원하는 건, 잠을 자는 거야."

"그렇다면 어쩔 수 없네요." 어린 왕자가 말했다.

"어쩔 수 없네. 안녕." 가로등지기가 말했다.

그러고서 다시 가로등을 껐다.

어린 왕자는 멀리 떠나면서 생각했다.

'이 가로등지기 아저씨는 왕이나 자만심 강한 아저씨, 술꾼이나 사업가 같은 사람들한테 무시당하겠지. 그래도 내가 볼 때는 가로등지기 아저씨만이 유일하게 우스꽝스럽지 않아. 오로지 이 아저씨만 자신이 아닌 다른 것을 생각하고 있잖아.'

어린 왕자는 아쉽다는 듯 한숨을 쉬었다.

'이 아저씨만이 내가 친구로 삼고 싶은 유일한 사람이었는데. 하지만 아저씨네 별은 진짜 너무 작다. 두 사람이 같이 있을 자리도 없잖아.'

어린 왕자는 고백하지 않았지만, 사실 그 별을 떠나기가 유독 아쉬웠던 이유가 있었다. 그건 그 별이 해 지는 광경을 날마다 1,440번이나 볼 수 있는 축복받은 별이라는 점이었다.

여섯 번째로 방문한 별은 그 전 별보다 열 배는 더 컸다. 그 별에서는 나이 든 신사가 아주 커다란 책을 쓰고 있었다.

"오! 탐험가가 왔구나!" 신사가 어린 왕자를 보자 소리쳤다.

어린 왕자는 책상 앞에 앉아서 가쁜 숨을 골랐다. 벌써 아주 많은 곳을 돌아다닌 것이다!

"어디서 오는 길인가?" 노신사가 물었다.

"그 커다란 책은 뭐예요? 뭘 하고 계시는 거예요?"

"나는 지리학자란다." 노신사가 말했다.

"지리학자가 뭐예요?" 어린 왕자가 물었다.

"지리학자란 바다와 강, 마을과 산, 사막 따위가 다 어디에 있는지 아는 학자란다."

"그거 정말 재미있겠어요." 어린 왕자가 말했다. "드디어 진짜 직업다운 직업을 가진 사람을 만났네요!" 어린 왕자는 지리학자가 사는 별을 둘러봤다. 지금까지 다녀본 별들 중에서 제일 크고 멋있어 보였다.

"이 별은 참 아름다워요. 바다도 있나요?"

"그건 모르겠다." 지리학자가 말했다.

"아아!" 어린 왕자는 실망스러웠다. "산은 있나요?"

"그것도 모르겠다."

"그러면 마을과 강과 사막은요?"

"그것도 모르지."

"지리학자라면서요!"

"그렇지. 그러나 탐험가는 아니란다. 나는 이 별을 탐험한 적이 없어. 마을과 강, 산과 바다, 대양과 사막을 세며 다니는 건 지리학자의 일이 아니니까. 지리학자는 굉장히 중요한 일을 해야 해서 돌아다닐 시간이 없단다. 책상 앞을 떠나지 않지. 대신 탐험가들의 얘기를 듣는단다. 질문을 하고 그들이 여행에서 본 것들을 기록해. 그리고 탐험가들의 이야기 중에서 흥미로운 게 있으면 그 탐험가의 됨됨이를 조사한단다."

"그건 왜요?"

"탐험가가 거짓말을 하면 지리학자의 책에 큰 문제가 생기거든. 술을 너무 많이 먹는 탐험가도 마찬가지고."

"그건 또 왜요?" 어린 왕자가 물었다.

"술에 취한 사람은 뭐든 두 개로 보거든. 그의 말을 그대로 다 믿어버리면 지리학자는 산이 하나밖에 없는데 두 개가 있다고 기록하게 될 거야."

"그런 사람을 한 명 알아요. 그 사람은 좋은 탐험가는 될 수 없겠네요." 어린 왕자가 말했다.

"그럴 수 있지. 탐험가의 됨됨이가 좋다고 판명되면, 그가 발견한 것을 조사한단다."

"직접 가서 보나요?"

"아니, 그러면 너무 복잡해져. 그냥 탐험가에게 증거를 제시하라고 요구하면 돼. 가령 큰 산을 발견했다고 하면 그곳에 있는 큰 돌을 가져와보라고 한단다."

지리학자가 갑자기 흥분한 듯 말했다.

"그러고 보니, 너도 멀리서 왔겠구나! 너도 탐험가겠어! 어디, 네가 사는 별에 대해 얘기해보렴!"

그러고는 커다란 기록부를 펼치고 연필을 깎았다.

탐험가들의 긴 이야기는 먼저 연필로 기록된다. 그다음에 그들

이 증거를 제시하고 나면 잉크로 기록된다.

"응?" 지리학자가 기대에 차서 재촉했다.

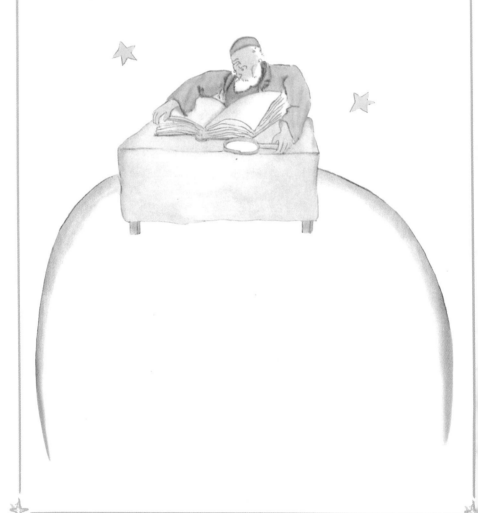

"음, 내가 사는 곳은 그리 흥미롭지 않아요. 아주 작은 별이에요. 화산이 셋 있는데, 둘은 활화산이고 나머지 하나는 휴화산이에요. 그렇지만 휴화산도 이렇게 될지 아무도 모르는 일이에요."

"어떻게 될지 알 수 없지." 지리학자가 말했다.

"그리고 꽃 한 송이도 있어요."

"꽃은 기록하지 않는단다." 지리학자가 말했다.

"왜요? 꽃이야말로 내 별에서 가장 아름다운데요!"

"덧없는 것들은 기록하지 않아."

"'덧없다'는 게 무슨 말이에요?"

"지리책은 책 가운데서도 가장 중요한 것들을 기록하는 책이야. 절대로 시대에 뒤처지지 않지. 산은 위치가 바뀌는 일이 거의 없단다. 큰 바다의 물이 마르는 법도 거의 없지. 우리 지리학자들은 영원한 것들만 기록해."

"하지만 휴화산은 살아날 수도 있어요. 그런데 덧없다는 게 무슨 말이에요?" 어린 왕자가 끼어들었다.

"활화산이든 휴화산이든, 우리 지리학자들에게는 다 마찬가지다. 중요한 건 그게 산이라는 사실이야. 그건 변하지 않으니까."

"그런데 덧없다는 게 무슨 말이에요?"

한번 물어보면 대답을 들을 때까지 절대로 그냥 넘어가는 법이 없는 어린 왕자가 다시 물었다.

"그건 곧 사라질 위험이 있다는 뜻이야."

"내 꽃이 곧 사라질 위험이 있다고요?"

"물론이지."

'내 꽃은 덧없구나. 세상에 맞서 자신을 보호할 거라곤 오로지 가시 네 개밖에 없어. 그런 꽃을 별에 혼자 두고 떠나왔다니!' 어린 왕자는 생각했다.

여행을 떠난 후 처음으로 후회하는 마음이 들었다. 그러나 어린 왕자는 다시 용기를 냈다.

"다음에는 제가 어떤 곳을 가보면 좋을까요?"

"지구라는 별이 있지. 거기가 평판이 좋단다."

그래서 어린 왕자는 길을 떠났다. 자신의 꽃을 생각하면서.

이렇게 해서 일곱 번째로 방문한 별이 지구였다.

지구는 보통 별과는 달랐다! 지구에는 111명의 왕들과(물론 흑인 왕들을 포함해서), 7천 명의 지리학자들, 90만 명의 사업가들, 750만 명의 술꾼들, 3억 하고도 1,100만 명의 자만심이 강한 사람들을 포함해 20억 명의 어른들이 살고 있다.

지구의 크기를 짐작할 수 있게 여러분에게 이 사실을 말해주는 것이 좋겠다. 전기가 발명되기 전, 여섯 대륙 전체를 다 밝히기 위해서는 46만 2,511명의 가로등지기가 있어야 했다.

조금 떨어져서 보면 눈부신 광경이었을 것이다. 큰 무리의 사람들이 오페라 발레단처럼 질서정연하게 움직였을 테니까. 제일 먼저 뉴질랜드와 오스트레일리아의 가로등지기들이 움직인다. 그들은 가로등에 불을 켜고는 자러 간다. 다음으로 중국과 시베리아의 가로등지기들이 무대에 등장하고, 곧 그들 역시 무대 뒤로 사라진다. 뒤이어 러시아와 인도의 가로등지기들 차례가 오고, 다음은 아프리카와 유럽의 가로등지기들 차례다. 그다음은 남아메리카, 또 그다음은 북아메리카의 가로등지기들이다. 그들은 자신들이 무대에 나가는 순서를 절대로 틀리지 않는다.

참으로 아름다운 광경이었을 것이다.

각기 단 하나씩의 가로등을 지키는 북극과 남극의 가로등지기,
이 두 사람만이 힘들지 않고, 자유로웠다. 이들은 1년에 두 번만
일을 하면 되었을 테니까.

재치 있게 말하려다가 때로 진실에서 약간 벗어나는 경우가 있다. 나는 가로등지기 이야기를 할 때 완벽하게 정직하지는 못했다. 우리의 별, 즉 지구에 대해서 모르는 사람들에게 잘못된 생각을 심어줄 위험이 있었다.

인간은 지구에서 극히 작은 공간을 차지한다. 지구 표면에 사는 20억의 인구가 대규모 집회를 하듯 모두 다닥다닥 붙어 선다면 가로 세로 각기 약 3킬로미터 정도 되는 광장 안에 전부 넉넉히 들어갈 수 있다. 온 인류를 태평양의 아주 작은 섬 하나에 포개 넣을 수도 있을 것이다.

어른들은 이런 사실을 믿지 않을 것이 분명하다. 자신들이 대단히 넓은 공간을 차지한다고 생각하니 말이다.

어른들은 자신들이 바오바브나무처럼 아주 대단하다고 자부한다. 그렇다면 어른들에게 한번 계산해보라고 권하는 게 좋다. 그들은 숫자를 좋아하니까 흡족해할 것이다. 그러나 여러분은 불필요한 작업을 하느라 시간을 낭비하지 마라. 그럴 필요가 없다. 내 말을 믿어도 된다.

지구에 도착한 어린 왕자는 사람이 한 명도 보이지 않아 무척
놀랐다. 혹시 다른 별에 잘못 온 것이 아닌가 하고 슬슬 걱정이 되
려는 순간, 달빛과 같은 금빛 고리 하나가 모래 위에서 반짝였다.

"안녕." 어린 왕자는 혹시나 하며

인사를 했다.

"안녕." 뱀이 대답했다.

"내가 도착한 이 별의 이름이 뭐야?" 어린 왕자가 물었다.

"여기는 지구야. 아프리카 대륙이지." 뱀이 대답했다.

"아! 그럼 지구에는 사람이 없니?"

"여긴 사막이야. 사막에는 사람이 없어. 지구는 아주 넓은 곳이야."

어린 왕자는 바위 위에 앉아서 눈을 들어 하늘을 보았다.

"나는 별들이, 우리가 언젠가는 우리 자신의 별을 다시 찾을 수 있도록 불을 밝히는 것이 아닐까 생각해…. 내 별을 봐. 바로 우리 위에 있어. 그런데 어찜 저렇게 멀까!" 어린 왕자가 말했다.

"네 별은 아름다운 별이구나. 여기는 왜 왔니?" 뱀이 물었다.

"어떤 꽃하고 문제가 좀 있었어."

"아!"

이내 그들은 둘 다 입을 다물었다.

"사람들은 다 어디에 있어?" 이윽고 어린 왕자가 다시 입을 열었다. "사막은 조금 외롭다…."

"사람들 사이에 있어도 외로워." 뱀이 대꾸했다.

어린 왕자는 뱀을 한참 동안 바라봤다.

"너는 재미있게 생긴 동물이구나. 손가락처럼 가느다랗고…"
어린 왕자가 말했다.

"이래 봬도 난 왕의 손가락보다 더 세." 이 말에 어린 왕자는 미
소를 지었다.

"별로 안 세 보이는데. 발도 없잖아. 여행도 못 갈 것 같은데…."

"나는 널 어떤 배보다도 더 멀리 데려갈 수 있어." 뱀이 말했다.

뱀이 어린 왕자의 발목을 휘감자 마치 금색 발찌처럼 보였다.

"누구든 내가 건드리는 사람은 그가 태어난 땅으로 돌아가게 돼. 하지만 넌 순수하고 진실해 보이고, 다른 별에서 지금 막 왔다니까…."

어린 왕자는 아무 말도 하지 않았다.

"커다랗고 단단한 지구에서 넌 몹시 연약해 보이는구나. 애처로워 보여." 뱀이 말했다. "언제든 네 별이 너무나 그리워 병이 나면 내가 도와줄게. 나는 말이야…."

"오! 네 말이 무슨 뜻인지 잘 알겠어. 그런데 너는 왜 계속 수수께끼처럼 말을 해?" 어린 왕자가 물었다.

"나는 그 수수께끼들을 다 풀어줄 수도 있어." 뱀이 말했다.

그러고 나서 둘은 다시 입을 다물었다.

어린 왕자는 사막을 가로질러 걸어갔지만 꽃 한 송이밖에 만나지 못했다. 꽃잎이 세 장뿐인 특별하지 않은 꽃이었다.

"안녕." 어린 왕지가 인사했다.

"안녕." 꽃이 대답했다.

"사람들은 어디에 있어?" 어린 왕자가 공손하게 물었다.

그 꽃은 상인들의 무리가 지나가는 것을 예전에 한 번 본 적이 있었다.

"사람들?" 꽃이 되물었다. "사람들이라면 예닐곱 정도 있는 것 같아. 여러 해 전에 보기는 했지만 어딜 가야 찾을 수 있는지는 모르겠어. 바람이 그들을 데려가거든. 사람들은 뿌리가 없어서 사는 게 아주 힘들 거야."

"잘 있어." 어린 왕자가 말했다.

"잘 가." 꽃이 말했다.

어린 왕자는 높은 산에 올라갔다. 그가 아는 산이라고는 고작해야 무릎까지 오는 화산 세 개가 전부였다. 더군다나 휴화산은 발을 얹는 받침대로 쓰곤 했다. 그는 생각했다. '이렇게 높은 산에 올라가면 이 별 전체와 사람들을 한눈에 다 볼 수 있겠어.'

그러나 바늘 끝처럼 뾰족한 바위산들 말고는 아무것도 보이지 않았다.

"안녕." 어린 왕자가 예의바르게 인사했다.

"안녕… 안녕… 안녕." 메아리가 대답했다.

"너는 누구니?" 어린 왕자가 물었다.

"너는 누구니… 너는 누구니… 너는 누구니?" 메아리가 대답했다.

"내 친구가 돼줘. 나는 너무 외로워." 어린 왕자가 말했다.

"나는 너무 외로워… 외로워." 메아리가 대답했다.

'참 이상한 별이군!' 어린 왕자는 생각했다. '죄다 메마르고 죄다 뾰족하고 죄다 거칠고 험해. 그리고 사람들은 상상력이 없어…. 내가 한 말을 따라 하기만 해. 내가 사는 별의 꽃은 언제나 먼저 말을 걸곤 했는데….'

　어린 왕자는 모래사막과 바위를 지나 눈 속을 한참 동안 걸어가서 마침내 길을 발견했다. 모든 길은 사람들이 사는 곳으로 연결된다.

　"안녕." 어린 왕자가 말했다.

　장미꽃들이 활짝 핀 정원 앞이었다.

　"안녕." 장미꽃들이 대답했다.

　어린 왕자는 장미꽃들을 유심히 쳐다봤다. 모두 그의 별에 두고 온 꽃과 닮아 있었다.

....

....

....

....

....

....

....

"너희들은 누구니?" 놀란 어린 왕자가 물었다.

"우리는 장미꽃이야."

어린 왕자는 슬픔이 밀려왔다. 어린 왕자의 꽃은 자신과 같은 종류는 온 우주에서 자기 하나밖에 없다고 말했었다. 그런데 이 정원 한 곳에만 해도 똑같이 생긴 꽃들이 5천 송이나 되었다!

'내 꽃이 이 광경을 보면 몹시 속상할 거야.' 어린 왕자는 생각했다. '비웃음당하지 않으려고 기침을 마구 해대고 죽어가는 척하겠지. 그러면 나는 그 꽃을 살리기 위해 간호하는 시늉을 해야 할 거야. 내가 그렇게 하지 않으면 내게 창피를 주려고 정말로 죽어버릴지도 모르니까.'

어린 왕자는 이런 생각도 들었다. '나는 세상에서 단 하나밖에 없는 꽃을 가진 부자라고 생각했는데, 그건 흔한 장미꽃들 중의 하나일 뿐이었어. 흔한 장미꽃 한 송이와 내 무릎까지밖에 안 오는 화산 세 개, 게다가 그중 하나는 아주 꺼져버렸는지도 모를 휴화산이고…. 그 정도를 가지고서는 그리 대단한 왕자가 되지 못해.'

어린 왕자는 풀밭에 엎드려 흐느껴 울었다.

21장

여우가 나타난 것은 바로 그때였다.

"안녕." 여우가 말했다.

"안녕." 어린 왕자가 예의바르게 대답하고 주위를 둘러봤지만 아무도 보이지 않았다.

"여기야, 사과나무 밑." 목소리가 들렸다.

"넌 누구니?" 어린 왕자가 물었다. 그러고 나서 덧붙였다. "참 예쁘게 생겼구나."

"난 여우야." 여우가 말했다.

"나랑 놀자." 어린 왕자가 부탁했다. "난 지금 너무나 슬퍼."

"난 너랑 놀 수 없어. 길들여지지 않았거든." 여우가 대답했다.

"아! 미안해." 어린 왕자가 말했다. 그러나 잠시 생각한 후 다시 말했다. "'길들인다'는 게 무슨 뜻이야?"

"넌 여기 사는 애가 아니구나. 뭘 찾고 있니?"

"사람들을 찾고 있어. '길들인다'는 게 무슨 뜻이야?"

"사람들이라! 사람들은 총을 갖고 다니면서 사냥을 해. 몹시 난처하지! 사람들은 또 닭을 길러. 그게 사람들의 유일한 관심사야. 너도 닭을 찾아다니니?"

"아니." 어린 왕자가 말했다. "나는 친구를 찾고 있어. 그런데 '길들인다'는 게 무슨 뜻이야?"

"그건 사람들이 소홀히 여기는 것인데, '관계를 맺는다'는 뜻이야."

"관계를 맺는다고?"

"그래. 나한테 너는 아직은 수많은 사내아이 중 하나에 불과해. 네가 필요하지 않지. 그리고 너에게도 내가 필요하지 않아.

너에게 나는 수많은 여우 중 하나에 불과하니까. 그렇지만 네가 날 길들이면 우리는 서로가 필요하게 돼. 나에게 너는 세상에서 단 하나뿐인 존재가 되고, 너에게도 나는 세상에서 단 하나뿐인 존재가 되지."

"조금 알 것 같아. 나에게 꽃 한 송이가 있는데… 그 꽃이 날 길들인 것 같아."

"그럴 수 있지. 지구에서는 별의별 일이 다 일어나니까."

"아, 지구에서의 일이 아니야!" 어린 왕자가 말했다.

여우는 어리둥절해하면서도 무척 궁금한 기색이었다.

"그럼 다른 별에서?"

"응."

"그 별에도 사냥꾼들이 있니?"

"아니."

"오! 흥미롭네! 닭들도 있어?"

"아니."

"역시 완전한 건 없다니까." 여우는 한숨을 쉬었다.

그러고는 자기 얘기를 계속했다.

"내 삶은 아주 단조로워. 나는 닭을 사냥하고 사람들은 나를 사냥해. 닭들은 전부 다 똑같고, 사람들도 다 똑같아. 그래서 나는 좀 지루해. 하지만 네가 날 길들인다면 내 삶이 태양이 비치듯 환해질 거야. 다른 발소리들과 구별되는 한 가지 발소리를 알게 되는 거지. 다른 발소리가 나면 나는 급히 땅 밑으로 숨어. 그러나 너의 발소리는 마치 음악처럼 나를 굴에서 나오게 만들 거야. 그리고 봐봐. 저 밀밭 보이지? 나는 밀을 먹지 않으니 밀은 내게 쓸모가 없어. 밀밭은 내게 아무 의미가 없다는 말이야. 그건 슬픈 일이야. 하지만 너의 머리카락이 금빛이야. 네가 날 길들이면 얼마나 멋질지 한번 생각해봐! 너의 머리카락과 같은 금빛 밀밭을 볼 때면 나는 네 생각이 날 거야. 그러면 나는 밀밭을 스치는 바람 소리까지 사랑하게 될 거야…."

여우는 한참 동안 어린 왕자를 바라봤다.

"부탁이야. 날 길들여줘!" 여우가 말했다.

"나도 몹시 그러고 싶어." 어린 왕자가 대꾸했다. "하지만 나는 시간이 별로 없어. 친구들을 찾아야 하고, 이해하고 싶은 것도 많거든."

"누구든지 자기가 길들인 것만 진정으로 이해할 수 있어."

여우가 말했다.

"사람들은 이제 뭔가를 이해할 시간이 없어. 가게에서 다 만들어진 것들만 사니까. 하지만 우정을 파는 가게는 없어. 그래서 사람들에게 이제 더는 친구가 없는 거야. 친구를 원한다면 날 길들여줘."

"널 길들이려면 어떻게 해야 되는데?" 어린 왕자가 물었다.

"참을성이 아주 많아야 하지." 여우가 대답했다. "처음에는 나랑 조금 떨어져서 앉아. 그래, 거기 풀밭에. 내가 곁눈으로 널 볼 건데, 넌 아무 말도 하지 마. 말은 오해를 낳기 딱 좋거든. 대신에 날마다 내 옆으로 조금씩, 좀 더 가까이 와서 앉아."

이튿날 어린 왕자가 다시 왔다.

"어제와 같은 시간에 왔으면 더 좋았을 텐데." 여우가 말했다.
"예를 들어, 네가 오후 네 시에 온다면 나는 세 시부터 행복할 거
야. 그리고 네 시에 가까워질수록 점점 더 행복해지고, 네 시가 되
면 몸을 들썩이며 네가 보고 싶어 안달이 날 거야. 그때의 내 모습
이 얼마나 행복해 보일까!

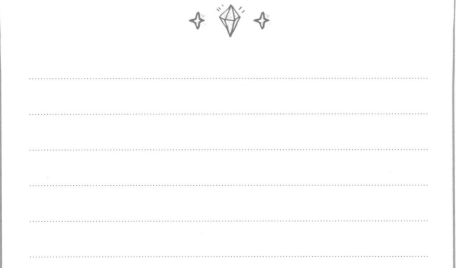

그런데 네가 아무 때나 온다면 나는 몇 시에 널 맞아야 할지 마음의 준비를 할 수가 없어. 그래서 뭐든 적절한 의식을 따라야 하는 거야."

"의식이 뭐야?" 어린 왕자가 물었다.

"그것 또한 사람들이 소홀히 여기는 거야." 여우가 말했다. "그건 어느 하루를 다른 날과, 어느 시간을 다른 시간과 달리, 특별하게 만드는 거야. 예를 들면 사냥꾼들에게도 의식이 있어. 목요일이면 사냥꾼들은 마을 아가씨들과 춤을 춰. 그래서 목요일은 내게 아주 신나는 날이야! 그날은 내가 포도밭까지 산보를 나갈 수 있는 날이니까. 그런데 사냥꾼들이 날을 정하지 않고 아무 때나 춤을 춘다면 모든 날이 다 똑같을 거고, 나는 단 하루도 쉬지 못할 거야."

이렇게 해서 어린 왕자는 여우를 길들였다. 그리고 어린 왕자가 떠나야 할 시간이 다가왔다.

"아아! 나 울음이 나올 것만 같아." 여우가 말했다.

"네 잘못이야." 어린 왕자가 말했다. "나는 널 조금도 아프게 하고 싶지 않았어. 그런데 네가 길들여달라고 했잖아…."

"그래, 그랬지." 여우가 말했다.

"그런데 지금 너 울려고 하잖아!" 어린 왕자가 말했다.

"그래, 그러네." 여우가 말했다.

"그렇다면 네가 얻은 게 하나도 없잖아!"

"얻은 게 있지." 여우가 말했다. "이제부터는 황금빛 밀밭을 보면 네 생각을 할 테니까." 그리고 이렇게 덧붙였다.

"장미꽃들을 다시 보러 가봐. 이제 네 장미꽃이 세상에서 단 하나뿐이라는 걸 알 수 있을 거야. 그리고 나에게 다시 작별 인사를 하러 오면 선물로 비밀 하나를 알려줄게."

어린 왕자는 장미꽃들을 다시 보러 갔다.

"너희는 내 장미꽃과 하나도 안 닮았어." 어린 왕자가 말했다. "아직은 나에게, 너희는 아무것도 아니야. 아무도 너희를 길들이지 않았고, 너희 역시 아무도 길들이지 않았어. 내가 처음 만났을 때의 여우와 같지. 그는 수많은 여우들 중 하나였을 뿐이야. 그런데 내가 그 여우를 내 친구로 만들었으니, 이제 그는 나에게 세상에서 단 하나뿐인 여우가 되었어."

장미꽃들은 몹시 어리둥절했다.

"너희는 예쁘지만 속이 텅 비었어." 어린 왕자가 계속 말했다. "아무도 너희를 위해 죽지 않아. 물론 지나가는 행인은 내 장미꽃을 너희와 비슷하다고 생각할지도 몰라. 그러나 나에겐 내 장미꽃 하나가 너희 전부보다 훨씬 더 중요해. 왜냐하면 내가 직접 물을 주고 둥근 유리 덮개로 덮어준 유일한 꽃이니까. 오로지 그 꽃만을 위해 바람막이를 쳐주고, 애벌레들을 잡아주었어. (나비가 되라고 남겨둔 두세 마리만 빼고 말이지.) 불평과 자랑을 들어주었고, 때로 아무 말 안 할 때에도 나는 오직 그 꽃에게만 귀를 기울였어. 바로 내 장미꽃이기 때문이야."

그리고 나서 어린 왕자는 다시 여우를 만나러 갔다.

"잘 있어." 어린 왕자가 말했다.

"잘 가." 여우가 말했다. "이제 비밀을 알려줄게. 아주 간단해. 그건 오직 마음으로 봐야 올바로 볼 수 있다는 사실이야. 중요한 것은 눈에 보이지 않아."

"중요한 것은 눈에 보이지 않아." 어린 왕자는 잊지 않기 위해서 되뇌었다.

"네 장미꽃이 너에게 그토록 소중한 것은 네가 장미꽃을 위해서 들인 시간 때문이야."

"내가 장미꽃을 위해서 들인 시간 때문이야." 어린 왕자는 잊지 않기 위해서 되뇌었다.

"사람들은 이 진실을 잊어버렸어." 여우가 말했다. "그러나 너는 잊으면 안 돼. 너는 네가 길들인 것에 영원히 책임이 있어. 네 장미꽃에 책임이 있어…."

"나는 내 장미꽃에 책임이 있다." 어린 왕자는 잊지 않으려고 되뇌었다.

"안녕하세요." 어린 왕자가 말했다.

"안녕." 철도원이 말했다.

"여기서 뭐 하고 있어요?" 어린 왕자가 물었다.

"승객들을 천 명씩 나누고 있단다." 철도원이 말했다. "그런 다음 그들을 태운 기차들을 보내. 때로는 오른쪽으로, 때로는 왼쪽으로 말이야."

이때 환하게 불을 밝힌 급행열차가 천둥이 치듯 요란한 소리를 내며 달려와 철도 조종실을 뒤흔들었다.

"다들 무척 바쁜가봐요." 어린 왕자가 말했다. "저 사람들은 뭘 찾는 거예요?"

"그건 기관사조차 몰라." 철도원이 말했다.

환하게 불을 밝힌 또 다른 급행열차가 반대편에서 요란한 소리를 내며 달려왔다.

"사람들이 벌써 돌아오는 거예요?" 어린 왕자가 물었다.

"아까 그 사람들이 아니야. 여기는 교차하는 지점이란다." 철도원이 대답했다.

"그 사람들은 자기가 있는 곳이 마음에 안 든대요?" 어린 왕자가 물었다.

"자신이 있는 곳에 만족하는 사람은 아무도 없어." 철도원이 말했다.

환하게 불을 밝힌 세 번째 급행열차가 또 천둥이 치듯 요란한 소리를 내며 달려왔다.

"저 사람들은 첫 번째 열차의 승객들을 쫓아가는 거예요?" 어린 왕자가 물었다.

"아무것도 쫓아가지 않아." 철도원이 말했다. "열차 안에서 잠을 자거나 아니면 하품하고 있겠지. 오직 아이들만 유리창에 코를 바짝 대고 있을 거야."

"아이들은 자기들이 뭘 찾고 있는지 알아요. 아이들은 헝겊 인형 하나에도 시간을 쏟거든요. 그러면 인형은 아이들에게 아주 중요한 것이 돼요, 그래서 아이들이 인형을 뺏기면 그렇게 울어대는 거예요…." 어린 왕자가 말했다.

"아이들은 운이 좋구나." 철도원이 말했다.

23장

"안녕하세요." 어린 왕자가 말했다.

"안녕." 상인이 대답했다.

그는 갈증을 없애 주는 알약을 파는 상인이었다. 누구든 그가
파는 알약을 한 알만 먹으면 일주일 동안 갈증을 느끼지 않는다
고 했다.

"왜 그런 약을 팔아요?" 어린 왕자가 물었다.

"이 약은 엄청나게 많은 시간을 절약해주거든. 전문가들이 계산

해봤는데, 이 약만 있으면 매주 53분을 설약힐 수 있단다."

"그 53분을 가지고 뭘 하는데요?"

"뭐든 네가 하고 싶은 걸 하는 거지…."

'나에게 마음대로 쓸 수 있는 53분이 주어진다면, 나는 시원한

물이 솟는 샘까지 천천히 걸어가겠어.' 어린 왕자는 생각했다.

24장

내가 사막에 불시착한 지 여덟째 날이었다. 나는 비축된 마지막 물 한 방울을 마시면서 그 상인의 이야기를 들었다.

"아! 네가 겪은 일 전부 아주 재미있구나." 내가 어린 왕자에게 말을 건넸다. "그런데 난 아직 비행기를 다 고치지 못했고, 이제 마실 물도 떨어졌어. 나도 시원한 물이 솟는 샘까지 천천히 걸어 갈 수 있다면 무척 행복하겠다!"

"내 친구 여우는…" 어린 왕자가 말했다.

"얘야, 이제 더는 여우 얘기를 할 때가 아니야!"

"왜?"

"목이 말라 죽기 직전이니까…."

어린 왕자는 내 말을 이해하지 못한 듯 이렇게 대꾸했다.

"죽기 직전이라 해도, 친구를 갖는다는 건 좋은 일이야. 난 여우 친구가 있다는 게 아주 기뻐."

'얘는 지금 위급한 상황이란 걸 전혀 모르고 있어.' 나는 혼자 생각했다. '배고픈 적도 목마른 적도 없었나봐. 그저 햇빛만 조금 있으면 다 되는 것 같아….'

그런데 어린 왕자가 날 찬찬히 바라보더니 내 생각을 읽은 듯 이렇게 말했다. "나도 목이 말라. 우리 우물을 찾으러 가자."

나는 피곤하다는 몸짓을 해 보였다. 광막한 사막에서 무턱대고 우물을 찾아 나선다는 건 어리석은 짓이었다. 그런데도 우리는 걷기 시작했다.

몇 시간을 말없이 천천히 걸어가는 동안 어둠이 내리고 하늘에는 별들이 모습을 드러내기 시작했다. 나는 갈증 때문에 약간 열에 들뜬 채 마치 꿈을 꾸듯 별들을 올려다봤다. 어린 왕자의 마지막 말이 내 머릿속에서 가물가물 떠올랐다.

"그러니까 너도 목이 마르다는 거지?" 내가 물었다.

어린 왕자는 내 물음에는 대답하지 않고 그저 이렇게 말했다.

"물은 마음에도 좋을 수 있어."

나는 그 말의 뜻을 알 수 없었지만 더 이상 묻지 않았다. 어린 왕자에게 자세히 되묻기란 불가능하다는 사실을 잘 알았기 때문이다.

어린 왕자가 피곤해하며 주저앉았다. 나도 그 옆에 앉았다. 잠시 침묵이 이어지다가 그가 다시 말했다.

"별들은 보이지 않는 꽃 한 송이 때문에 아름다워."

"그래, 맞는 말이야." 나는 눈앞에 펼쳐진 모래 위에 달빛이 그려놓은 주름들을 말없이 바라봤다.

"사막은 아름다워." 어린 왕자가 덧붙였다.

사실이었다. 나는 언제나 사막을 사랑했다. 사막의 모래언덕에 앉아 있으면 보이는 것도 들리는 것도 없다. 그러나 침묵 가운데서 뭔가가 고동치고 빛을 발한다….

"사막이 아름다운 건 어딘가에 우물을 감추고 있기 때문이야." 어린 왕자가 말했다.

나는 모래가 신비롭게 빛을 발하는 까닭을 불현듯 깨닫고는 깜짝 놀랐다. 어릴 적 내가 살던 오래된 집에는 보물이 묻혀 있다는 전설이 내려왔다. 사실 아무도 그 보물을 찾을 방법을 몰랐다. 아마 그걸 찾아보려고 시도한 사람도 없었을 것이다. 그러나 전설로 인해 그 집은 마법에 걸려 있는 듯했다. 우리 집은 깊숙한 곳에 비밀 하나를 감추고 있는 셈이었다.

"그래. 집이든 별이든 사막이든 그것을 아름답게 만드는 것은 눈에 보이지 않는 어떤 것이지!"

"아저씨가 내 친구 여우랑 생각이 같아서 기뻐." 어린 왕자가 말했다.

어린 왕자가 잠이 들어서 나는 그를 안고 다시 걸었다. 나는 가슴이 뭉클했고 마음이 흔들렸다. 부서지기 쉬운 어떤 보물을 안고 있는 것 같았다. 세상에 이보다 더 연약한 것은 없으리라 생각했다. 달빛에 비친 어린 왕자의 창백한 이마와 감은 두 눈, 바람에 나부끼는 머리칼을 보면서 생각했다. '눈으로 볼 수 있는 건 껍데기에 불과해. 가장 중요한 건 눈에 보이지 않아.'

마치 미소를 짓고 있는 듯 입을 살짝 벌린 어린 왕자를 보면서 나는 또 생각했다. '잠든 어린 왕자가 이렇게까지 내게 감동을 주는 건 꽃 한 송이에 대한 변함없는 마음, 잠들어 있을 때조차 등불처럼 그의 온 존재를 빛나게 만드는 한 송이 장미꽃 때문이다.' 그러자 어린 왕자가 더욱더 연약하게 느껴졌다. 가느다란 바람 한 줄기에도 꺼져버릴 불꽃 같아서 반드시 내가 보호해줘야 할 존재 같았다.

그렇게 나는 계속 걸어가다가 동이 틀 무렵 우물을 발견했다.

"사람들은 급행열차에 올라타고 길을 떠나지만 자신이 뭘 찾고 있는지 몰라. 그래서 들뜨고 분주하기만 한 채 제자리를 돌고 도는 거야…" 어린 왕자가 말했다.

그리고 덧붙였다. "그럴 필요가 없는데…"

우리가 찾아낸 우물은 사하라 사막의 여느 우물들과는 달랐다. 보통 사하라의 우물은 그저 모래를 파놓은 구덩이에 불과했다. 그러나 이것은 마을에 있는 우물 같았다. 근처에 마을이 없었기에 나는 꿈을 꾸는 것 같았다.

"이상하다." 내가 어린 왕자에게 말했다. "모든 게 갖춰져 있어. 도르래며 두레박에 줄까지…"

어린 왕자는 웃으며 줄을 잡고 도르래를 돌렸다. 오래도록 바람에게 잊혔던 낡은 풍향계가 신음하듯 도르래가 삐걱거렸다.

"들려?" 어린 왕자가 말했다. "우리가 우물을 깨웠어. 우물이 노래하잖아…"

나는 어린 왕자가 힘들게 줄을 잡아당기도록 두고 싶지 않았다.

"내가 할게. 너한테는 너무 무거워."

나는 두레박을 천천히 끌어올려 우물 입구에 올려놓았다.

힘이 들기는 했지만 행복했다. 도르래의 노랫소리가 귓가에 울렸고, 출렁대는 물 위에서 햇살이 일렁였다.

"이 물을 마시고 싶어. 물을 조금 줘…." 어린 왕자가 말했다.

나는 어린 왕자가 찾던 게 무엇인지 그제야 깨달았다.

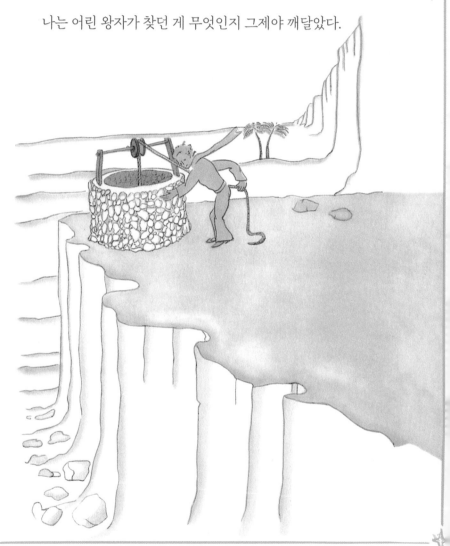

물이 담긴 두레박을 들어 그의 입에 대주었다. 어린 왕자는 눈을 감고서 물을 마셨다. 그 물은 축제 때 먹는 특별 요리처럼 달콤했다. 정말이지 그냥 물과는 달랐다. 그 달콤함은 별빛을 받으며 걸어와 도르래의 노랫소리를 들으면서 애써 팔을 움직인 데서 나왔다. 그것은 선물처럼 내 마음을 기쁘게 했다. 내가 어릴 적에도 크리스마스트리의 불빛과 자정 미사의 음악, 미소 띤 다정한 얼굴들이, 내가 받은 크리스마스 선물을 더욱 빛나게 해주었다.

"아저씨가 사는 별의 사람들은 정원 한 군데에다 5천 송이나 되는 장미꽃을 키우지. 그렇지만 거기서 자신들이 찾는 것을 발견하지는 못해." 어린 왕자가 말했다.

"그래, 발견하지 못해." 내가 대꾸했다.

"단 한 송이의 장미꽃이나 물 한 모금에서도 자기들이 찾는 것을 발견할 수 있는데…."

"그래, 맞아."

어린 왕자가 말했다.

"그러나 그건 눈에 보이지 않아. 마음으로 봐야 해…."

나는 물을 마셨다. 숨쉬기가 편해졌다.

동이 틀 때면 모래는 벌꿀색이 된다. 이 벌꿀색도 나를 행복하게 해준다. 그런데 나는 무엇 때문에 슬퍼했던가?

"약속 지켜야 해." 어린 왕자가 내 옆에 와서 앉더니 조용히 말했다.

"무슨 약속?"

"알잖아. 양에 씌울 부리망 말이야. 나는 그 꽃에 책임이 있어."

나는 주머니에서 대강 그린 그림들을 꺼냈다. 어린 왕자는 그것들을 들여다보더니 까르르 웃었다.

"이 바오바브나무는 꼭 양배추같이 생겼다."

"아아!"

바오바브나무 그림에 대해서만큼은 자신이 있었는데!

"여우는 귀가 꼭 뿔 같고, 또 너무 길어."

그러고서 어린 왕자는 또 웃었다.

"너무하네. 나는 속이 보이거나 안 보이는 보아뱀 외에는 그릴 줄 아는 게 없다고 했잖니." 내가 말했다.

"아, 괜찮아. 어린이들은 다 아니까."

그래서 나는 연필로 부리망을 그렸다. 그 그림을 어린 왕자에게 줄 때 내 가슴은 미어지는 듯했다.

"나한테 말하지 않은 무슨 계획이 있구나." 내가 말했다.

어린 왕자는 대답하지 않았다. 대신 이렇게 말했다.

"있잖아, 내가 지구별에 온 지… 내일이면 1년이 돼."

그리고 잠시 침묵하더니 다시 입을 열었다.

"바로 이 근처에 떨어졌었어."

그러더니 얼굴을 붉혔다.

나는 이유도 모른 채 또다시 이상하게 슬픔을 느꼈다. 그러면서도 한 가지 의문이 떠올랐다.

"그러면 일주일 전 아침 내가 널 처음 만났을 때, 네가 사람 사는 곳에서 수천 킬로미터나 떨어진 곳에서 혼자 그렇게 걷고 있던 건 우연이 아니었구나? 네가 떨어진 곳으로 돌아가던 길이었어?"

어린 왕자는 다시 얼굴을 붉혔다.

나는 조금 주저하면서 물었다.

"1년이 되어서 그랬던 거니?"

어린 왕자는 또 다시 얼굴을 붉혔다. 어린 왕자는 질문에 대답하는 법이 없다. 그러나 얼굴을 붉히는 건 '그렇다'는 뜻이 아닌가!

"아! 나는 조금 겁이 나는구나⋯." 내가 말했다.

이내 어린 왕자가 입을 열었다.

"아저씨는 이제 일을 해야 하잖아. 비행기로 돌아가야지. 나는 여기서 기다릴게. 내일 저녁에 다시 와⋯."

그러나 나는 마음이 놓이지 않았다. 여우 이야기가 떠올랐다. 우리는 길들여지면 조금 울게 될지도 모른다.

우물 옆에는 무너진 옛 돌담의 잔해가 있었다. 이튿날 저녁 나는 일을 마치고 그곳으로 돌아갔다. 그 돌담 위에 앉아 다리를 달랑거리는 어린 왕자가 멀리서부터 보였다. 말소리도 들렸다.

"기억 못 하는구나. 정확히 여기는 아니야."

다른 목소리가 대답을 한 듯 어린 왕자가 이어 말했다.

"그래, 맞아! 바로 오늘인데, 장소는 여기가 아니야."

나는 돌담을 향해 계속 걸어갔다. 아무도 보이지 않고 목소리도 들리지 않았다. 그런데 어린 왕자는 또 대꾸했다.

"맞아. 모래 위에 내 발자국이 시작되는 곳이 보일 거야. 거기서 기다리면 돼. 오늘 밤에 내가 거기로 갈게."

돌담까지 20미터밖에 안 남았지만 내게는 여전히 아무도 보이지 않았다. 잠시 조용하다가 어린 왕자가 다시 말했다.

"네 독은 좋은 거야? 날 너무 오래 아프게 하지 않을 자신 있지?"

나는 가슴이 터질 듯해서 걸음을 멈췄다. 하지만 여전히 알 수가 없었다.

"이제 가. 나, 담에서 내려갈 거야." 어린 왕자가 말했다.

그제야 나는 돌담 밑을 내려다보고 화들짝 놀랐다.

어린 왕자 앞에 있는 것은 단 30초 만에 사람의 목숨을 앗아갈 수 있는 누런 뱀이었다. 나는 권총을 꺼내려 주머니를 뒤지면서 달렸다. 그러나 내 소리에 뱀은 분수의 물살이 잦아들듯 모래 위로 스르르 미끄러지더니, 별로 서두르지도 않고 가벼운 금속싱 소리를 내면서 돌 틈으로 사라져버렸다.

때마침 돌담 밑에 도착한 나는 어린 왕자를 품에 받아 안았다. 그의 얼굴은 눈처럼 하얬다.

"무슨 짓이야? 왜 뱀하고 얘기를 한 거야!"

나는 어린 왕자가 늘 하고 다니는 금빛 머플러를 느슨하게 풀어주었다. 관자놀이에 물을 적셔준 다음 물도 마시게 했다. 이제는 그에게 뭘 더 물을 엄두가 나지 않았다. 어린 왕자는 나를 심각하게 쳐다보더니 내 목에 팔을 감았다. 그의 심장이 마치 총에 맞아 죽어가는 새처럼 팔딱거리며 뛰는 것이 느껴졌다.

"아저씨가 고장 난 기계를 고치게 돼서 기뻐. 이제 집으로 돌아갈 수 있겠네…."

"그건 어떻게 알았니?"

나는 공교롭게도 내가 비행기 수리를 마쳤다는 사실을 알려주러 온 참이었다.

어린 왕자는 내 물음에 답하는 대신 이렇게 말했다.

"나도 오늘 집으로 돌아가…."

이어 서글프게 덧붙였다.

"아주 멀어… 가기도 정말 어렵고…."

나는 뭔가 심상치 않은 일이 일어나고 있음을 확실히 깨달았다. 어린 왕자를 꼭 껴안아주었지만, 그는 내가 어떻게 막아볼 수도 없이 심연으로 곧장 곤두박질치는 깃 같았다.

그의 눈길은 매우 진지했고 아득히 먼 곳을 헤매는 듯했다.

"내게는 아저씨가 준 양이 있어. 그리고 양을 넣어둘 상자랑 부리망도…" 그리고 내게 서글픈 미소를 지어 보였다.

나는 한동안 기다렸다. 어린 왕자가 차츰 기운을 차리는 게 보였다.

내가 말했다. "얘야, 무서웠구나…."

어린 왕자는 무서웠던 게 분명했다. 그러나 그저 가만히 웃기만 했다.

"오늘 저녁에는 훨씬 더 무서울 거야…."

뭔가 돌이킬 수 없는 일이 벌어지고 있다는 느낌에 또다시 등골이 서늘해졌다. 어린 왕자의 웃음소리를 더는 들을 수 없다는 생각에 이르자 견딜 수가 없었다. 내게 그의 웃음소리는 사막에서 만나는 시원한 샘물과도 같았다.

"얘야, 나는 너의 웃음소리를 다시 듣고 싶어."

그러나 어린 왕자는 이렇게 말할 뿐이었다.

"오늘 밤이면 1년이 돼… 그러면 내 별이 1년 전 내가 지구에 떨어진 자리 바로 위에 나타날 거야…."

"얘야, 그 뱀이니 만날 장소니 별이니 하는 얘기는 다 나쁜 꿈이겠지?"

어린 왕자는 나의 애원에도 대답하지 않았다. 대신 이렇게 말했다.

"중요한 건 눈에 보이지 않아."

"그래, 알지…."

"꽃도 마찬가지야. 아저씨가 어느 별에 있는 꽃 한 송이를 사랑한다면 밤하늘을 쳐다보는 게 더없이 달콤할 거야. 모든 별들이 다 꽃으로 피어날 테니까."

"물론이지."

"물도 마찬가지야. 도르래와 줄 덕분에 아저씨가 내게 퍼 올려 준 물은 꼭 음악 같았어. 얼마나 좋았었는지 기억하지?"

"그럼."

"밤이 되면 별들을 봐. 내가 사는 별은 너무 작아서 아저씨한테 가리켜 보여줄 수가 없네. 오히려 잘됐어. 아저씨한테 내 별은 수많은 별 중 하나가 될 테니까, 아저씨는 하늘의 모든 별들을 사랑하게 되잖아⋯. 그 별 모두가 아저씨의 친구가 되고. 참, 선물을 하나 줄게."

그러고는 또 웃었다.

"아, 사랑스런 어린 왕자! 네 웃음소리가 너무나 듣기 좋구나!"

"이게 바로 내 선물이야. 우리가 마신 물도 마찬가지야."

"그게 무슨 말이야?"

"누구나 별을 보지만 다 같지는 않아. 여행가들에게 별은 안내자이지만 다른 사람들에게는 작은 빛에 불과해. 학자들에게는 숙제겠지. 내가 만났던 사업가에게는 돈이고. 저 별들은 아무 말도 안 해. 오로지 아저씨만이 누구도 갖지 못한 별을 갖게 될 거야⋯."

"무슨 뜻이니?"

"저 별들 중 하나에 내가 살잖아. 그곳에서 내가 웃을 거고. 그러면 아저씨가 밤하늘을 볼 때면 모든 별이 다 웃고 있는 것처럼 보일 거야⋯. 오직 아저씨만이 웃을 줄 아는 별을 갖게 되는 거야!"

어린 왕자는 다시 웃었다.

"그리고 슬픔이 좀 가시고 나면(슬픔은 시간이 흐르면 다 가시니까) 날 알게 된 걸 기뻐하게 될 거야. 아저씨는 언제까지나 나의 친구야. 나와 함께 웃고 싶을 때면 아저씨는 때때로 창문을 열겠지…. 하늘을 쳐다보며 웃는 아저씨를 보고 아저씨의 친구들은 무척 놀랄 거야! 그러면 아저씨는 이렇게 말하겠지. '그래, 나는 별들을 보면 언제나 웃음이 나와!' 아저씨 친구들은 아저씨가 미쳤다고 생각할 거야. 내가 아저씨를 골탕 먹이는 셈이 되겠네…."

그러고서 어린 왕자는 또 웃었다.

"그러니까 나는, 아저씨한테 별이 아니라 웃을 줄 아는 수많은 작은 방울을 준 거나 마찬가지야…."

어린 왕자는 또 웃었다. 그러더니 이내 심각해졌다.

"오늘 밤에는… 아저씨, 오지 마."

"네 곁을 떠나지 않을 거야." 내가 말했다.

"내가 아픈 것처럼 보일 거야. 조금은 죽어가는 것처럼. 그럴 테지. 그러니까 보러 오지 마. 올 필요 없어…."

"네 곁을 떠나지 않을 거야."

그러나 어린 왕자는 걱정하는 표정이었다.

"실은 뱀 때문이기도 해. 뱀이 아저씨를 물면 안 되거든. 뱀은 못됐어. 그냥 재미로 물지도 모른단 말이야."

"나는 네 곁을 떠나지 않을 거야."

어린 왕자는 무슨 생각이 떠올랐는지 안심했다.

"그래, 두 번째로 물 때는 뱀에게 독이 없을 테니까…."

그날 밤 나는 어린 왕자가 길을 나서는 걸 보지 못했다. 그는 소리 없이 가버렸다. 내가 서둘러 쫓아가보니 빠르고 단호한 걸음으로 걸어가고 있었다. 그는 나를 보고는 그저 이렇게 말했다.

"아! 아저씨구나…."

그리고 내 손을 잡았다. 그러나 여전히 걱정 어린 표정이었다.

"아저씨가 온 건 잘못이야. 마음이 아플 거야. 내가 죽은 것처럼 보이겠지만 실제로는 그렇지 않아."

나는 아무 말도 하지 않았다.

"알겠지만… 거기는 너무 멀어. 이 몸을 입은 채로 갈 수가 없어. 너무 무겁거든."

나는 아무 말도 하지 않았다.

"이건 단지 벗어두는 낡은 껍질에 불과해. 낡은 껍질을 두고 슬퍼할 건 없어."

나는 아무 말도 하지 않았다.

어린 왕자는 약간 풀이 죽은 듯 보였다. 그러나 곧 기운을 차리며 말했다.

"있잖아, 아주 멋질 거야. 나 역시 별들을 바라볼 거야. 별들이 녹슨 도르래가 있는 우물 같겠지. 별들이 다 시원한 물을 부어줄 거야…"

나는 아무 말도 하지 않았다.

"아주 재미있을 거야! 아저씨는 5억 개의 작은 방울을 갖게 되고, 나는 5억 개의 시원한 우물을 갖게 될 테니까…"

그러고 나서 그 역시 더 말하지 않았다. 울고 있었던 것이다.

"다 왔어. 이제 나 혼자 가게 해줘."

그리고 어린 왕자는 주저앉았다. 두려웠던 것이다. 그가 다시 말했다.

"있잖아… 내 꽃… 나는 그 꽃에 책임이 있어. 그 꽃은 너무나 연약해! 너무나 순진해! 세상에 맞서 자신을 보호할 것이라고는 아무 소용없는 가시 네 개뿐이야…."

나도 그 자리에 주저앉았다. 더 이상 서 있을 수가 없었다.

"이제… 다 됐어."

어린 왕자는 잠시 망설이다가 일어났다. 그가 한 발 내디뎠다. 나는 움직일 수가 없었다.

그의 발목 근처에서 노란빛이 한 번 반짝했을 뿐이다. 그는 한 순간 전혀 움직이지 않았다. 소리도 지르지 않았다. 그러다가 한 그루의 나무처럼 천천히 쓰러졌다. 모래바닥이라 아무 소리도 나지 않았다.

그로부터 벌써 여섯 해가 흘렀다. 나는 이 이야기를 한 번도 꺼낸 적이 없었다. 나를 다시 만난 동료들은 내가 살아 돌아온 것에 매우 기뻐했다. 나는 슬펐지만 그들에게는 이렇게만 말했다.

"좀 피곤해."

지금은 슬픔이 조금 가시기는 했다. 그러니까 완전히 가시지는 않았다는 뜻이기도 하다. 그래도 나는 어린 왕자가 자기 별로 돌아갔다는 것을 안다. 동틀 녘에 그의 몸을 찾을 수 없었기 때문이다. 그렇게 무거운 몸도 아니었으니까…. 나는 밤이면 별들의 소리에 귀 기울이기를 좋아한다. 별들은 마치 5억 개의 작은 방울 같다.

그러다 갑자기 심상치 않은 일이 떠올랐다. 내가 어린 왕자를 위해 양에게 씌울 부리망을 그릴 때 가죽끈을 달아주는 것을 그만 깜박 잊었던 것이다. 어린 왕자는 끝내 양에게 부리망을 씌우지 못했을지도 모른다. 그래서 나는 지금도 궁금하다. '그의 별에서 무슨 일이 일어나고 있을까? 어쩌면 양이 꽃을 먹어버렸을지도 몰라….'

때로는 이런 생각이 든다. '설마, 아닐 거야! 어린 왕자가 매일 밤 꽃을 둥근 유리 덮개로 덮어주고, 양을 잘 지켜볼 거야.' 그러면 나는 행복해진다. 그리고 별들이 사랑스럽게 웃는다.

그러나 또 때로는 이런 생각이 들기도 한다. '어쩌다가 깜박 잊으면 그걸로 끝인데! 어느 저녁 어린 왕자가 유리 덮개 씌우는 것을 잊었는데, 한밤중에 양이 소리도 없이 나온다면….' 그러면 작은 방울들은 전부 눈물방울로 변한다.

그러니까 이건 엄청난 수수께끼다. 어린 왕자를 사랑하는 여러분이나 내게 있어, 우리가 모르는 어딘가에서 양 한 마리가 장미꽃 한 송이를 먹었느냐 또는 먹지 않았느냐에 따라 온 우주가 달라지니 말이다.

하늘을 바라보라. 그리고 스스로에게 물어보라. 양이 꽃을 먹었을까, 먹지 않았을까? 이 한 가지에 따라서 모든 게 얼마나 달라지는가를 알 수 있을 것이다.

그러나 어른들은 이것이 그렇게 중요한 문제인지 절대 이해하지 못할 것이다!

이것은 내게 세상에서 가장 아름다우면서도 가장 슬픈 풍경이다. 앞의 그림과 같은 풍경이지만 여러분의 인상에 깊이 남기려고 다시 그렸다. 바로 이곳에서 어린 왕자가 지구별에 나타났다가 사라졌다.

언제고 여러분이 아프리카 사막을 여행하게 되면 분명히 알아볼 수 있도록 유심히 봐두라. 그리고 이곳에 이르면 부탁이니 제발 서두르지 마라. 저 별 아래서 잠시 기다려보라. 그때 어떤 아이가 다가온다면, 그 아이가 웃는다면, 머리칼이 금빛이며 당신이 묻는 말에 대답하지 않는다면, 여러분은 그 아이가 누구인지 알 수 있을 것이다. 만일 그런 일이 생기면 친절을 베풀어 날 위로해주기를 부탁한다. 그가 돌아왔다고 내게 편지해주기를…

앙투안 드 생텍쥐페리 Antoine de Saint-Exupery

1900년 6월 29일, 프랑스 리옹에서 태어났다. 1920년 공군에 입대해 비행기 수리하는 일을 하다가 군용기 조종 자격증을 땄다. 제대한 뒤 민간 항공회사에서 근무하면서 아프리카 북서부와 프랑스를 잇는 우편 비행을 담당했다. 비행을 하면서 틈틈이 글을 썼는데, 실제 경험을 바탕으로 한 《야간 비행》으로 페미나 문학상을, 《인간의 대지》로 아카데미프랑세즈 소설상을 받으며 작품성을 인정받았다. 제2차 세계대전이 일어나자 다시 종군하여 군용기 조종사가 되었다. 1944년, 연합군 반격 작전에 참가하기 위해 정찰을 떠난 후 돌아오지 않았다.
생텍쥐페리가 1943년 발표한 《어린 왕자》는 그의 대표작으로, 260여 개의 언어로 번역되고 전 세계 1억 부 이상 판매되며 현재까지 많은 독자들의 사랑을 받고 있다.

옮긴이 박선주

세종대 국어국문학과와 이화여대통번역대학원 한불번역과를 졸업했다. 기독교출판사와 아동문학출판사 편집부에서 잠시 책을 만들었고, 현재는 프랑스어나 영어로 된 좋은 책들을 소개하고 번역하고 있다. 번역한 책으로 《프란츠와 클라라》《한밤의 위고》《사물들과 철학하기》《예수 그리스도의 생애》《믿을 수만 있다면》 등이 있다.

마음을 다해 쓰는 글씨 나만의 필사책

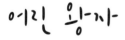

어린 왕자

초판 1쇄 2021년 3월 15일
초판 8쇄 2024년 12월 15일

지은이 앙투안 드 생텍쥐페리
옮긴이 박선주

책임편집 김수현
디자인 박영정

펴낸이 김수현
펴낸곳 마음시선

메일 maumsisun@naver.com | **인스타그램** @maumsisun

ISBN 979-11-971533-2-7 03860